讲给孩子的

中華文學五千年

古代·下

侯会 著

生活·讀書·新知 三联书店

图书在版编目（CIP）数据

阅读的礼物. 讲给孩子的中华文学五千年. 古代. 下 / 侯会著. -- 北京：生活·读书·新知三联书店，2025.
1. -- ISBN 978-7-108-07908-4

Ⅰ. I109-49

中国国家版本馆CIP数据核字第2024MQ4323号

责任编辑　王海燕　王　丹
装帧设计　赵　欣
责任校对　曹秋月
责任印制　卢　岳
出版发行　**生活·讀書·新知**三联书店
　　　　　（北京市东城区美术馆东街 22 号　100010）
网　　址　www.sdxjpc.com
经　　销　新华书店
印　　刷　河北鹏润印刷有限公司
版　　次　2025 年 1 月北京第 1 版
　　　　　2025 年 1 月北京第 1 次印刷
开　　本　635 毫米 × 965 毫米　1/16　印张 19.5
字　　数　180 千字　图 128 幅
印　　数　0,001－5,000 册
定　　价　468.00 元（全十册）
（印装查询：01064002715；邮购查询：01084010542）

目　录

爱国诗人陆游

陆游的老师曾几

"陆游是中兴四大诗人中最杰出的一位。"爷爷坐进藤椅里，端起茶杯说，"不过在谈陆游之前，还得先说说他的启蒙老师曾几（1084—1166）。

"曾几跟江西诗派关系密切，自称把黄庭坚的《山谷集》读得滚瓜烂熟。不过他的诗很明快，不像江西派那么爱用典故、语言生硬。像这首小诗：

> 梅子黄时日日晴，小溪泛尽却山行。
> 绿阴不减来时路，添得黄鹂四五声。
>
> （《三衢道中》）

"杨万里的'诚斋体'，说不定就受了曾几这类小诗的影响吧。

"曾几推重杜甫，他的诗里有一首七

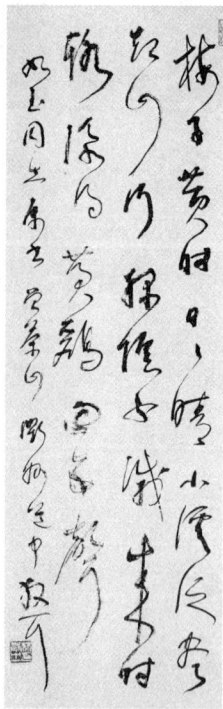

曾几诗《三衢道中》

律《苏秀道中，自七月二十五日夜大雨三日，秋苗以苏，喜而有作》，诗句中有'不愁屋漏床床湿，且喜溪流岸岸深''无田似我犹欣舞，何况田间望岁心'，让人想到杜甫的《茅屋为秋风所破歌》。

"曾几曾因反对跟金人议和，被秦桧罢官，直到秦桧死后才又回到朝廷。陆游跟他交往时，他已七十多岁。他的大家族有百多口人，可他开口便是为国事担忧，从不提家事。

"陆游跟他隔不了两三天就要见一面。他向陆游传授作诗的规矩，从他那儿，陆游也受到爱国思想的熏陶。此外，中兴四大诗人之一的杨万里也受过曾几的指点。虽然两位学生的诗歌成就日后都超过曾几，但曾几对他们的启蒙之功，却是不可忽视的！"

陆游：生于忧患，力主抗金

陆游（1125—1210）字务观，号放翁，是山阴（今浙江绍兴）人。父亲外出做官，他就出生在淮河的一条官船上。据说他出生时风雨交加，似乎暗示着这条小生命未来的不平命运。没错，就是整个国家，也正处在风雨飘摇之中呢。

果然，第二年金人南下攻宋，怀抱中的陆游随全家逃回老家山阴。为了躲避追击的金兵，一家人有时伏在草丛里，嚼干粮充饥，连口热水都没有。小陆游还不懂事，就已饱尝了战乱之苦！

陆家是个世代读书做官的大家族，家藏图书一万三千卷，为江浙第一。受着父祖的教育熏陶，陆游从小嗜书如命，常常守着灯盏读到深夜。十三岁时，有一回他见父亲藤床上放着一本陶渊明诗集，他捧起一读，竟再也放不下。家人喊他吃饭都听不

陆游

见，一直读到深夜！

陆游有诗说："我生学语即耽书，万卷纵横眼欲枯。"（《解嘲》）也就是说，刚会说话已开始迷恋书本，书看得太多，视力也发生了问题。——这让我们想到白居易的苦读经历。

陆游的家族有着忠君爱国的传统，抗击金人、痛恨权奸的思想，早就在他的心里扎了根。成年之后，他还真的遭到秦桧迫害。二十九岁那年，他到临安参加省试，刚好跟秦桧的孙子秦埙（xūn）同场考试。主考官陈之茂为人正直，按成绩把陆游取为第一，压过了秦埙。秦桧为此大为恼火，第二年参加殿试时，干脆把陆游刷掉了。直到秦桧死后，陆游才得以出头。

绍兴三十二年（1162），孝宗赵昚（shèn）即位，起用抗金老将张浚，想要恢复中原。陆游自然是积极支持者。可是宋军出师不利，打了败仗，于是主和派又抬了头。陆游也被加上"鼓动用兵"的罪名，被免掉官职，回家赋闲。

直到四年以后，他才得了个夔（kuí）州通判的职务，于是带着家眷沿江而上，千里迢迢去四川赴任。他把一路的见闻逐日记录下来，写成《入蜀记》六卷。那是一部文笔优美的旅游日记，有着较高的文学价值和地理学价值。

试马南郑，骑驴剑门

在夔州一待三年，陆游只感到苦闷。他不愿在这个偏僻山城混日子，很想到军前去效力。三年任满时，他的愿望实现了。当时的抗战派领袖王炎到川陕来做宣抚使，陆游于是来到南郑，加入了他的幕府。

南郑就是如今的陕西汉中。陆游常常登上城头，从那儿可以望到长安南山及金人的营垒。《秋波媚·七月十六日晚登高兴亭望长安南山》就是这时作的：

> 秋到边城角声哀，烽火照高台。悲歌击筑，凭高酹酒，此兴悠哉！　　多情谁似南山月？特地暮云开。灞桥烟柳，曲江池馆，应待人来。

秋日登高饮酒，远望沦陷在金人铁蹄下的长安，诗人心情激动。他人在南郑城头，心却早已飞到了"灞桥烟柳，曲江池馆"！

陆游向王炎献计献策，还披甲跨马，蹚过冰河，亲自到前线踏看，最远到过大散关下。一路行军，三天吃不上一顿热饭，啃着带沙子的黍米面馍馍，他一点儿不觉得苦。——这一年，他已年近五十！

陆游后来写诗回忆说："投笔书生古来有，从军乐事世间无！"（《独酌有怀南郑》）军中生活确实也有不少乐趣。战斗与训练之余，他与将士、幕僚们一起打球赛马、纵饮听歌、赌博射猎……一次他率众射猎，还亲手杀死一只"乳虎"，血溅貂裘，惊得众人"脸都绿了"（"从骑三十皆秦人，面青气夺空相顾"）！

那些日子，陆游兴奋极了。他觉得大反攻的一天就要来到了！可就在这时，朝廷一道命令，王炎被调回临安，一切反攻计划和准备全都化作泡影。陆游的情绪一落千丈，他只好再回四川，去接受新的任命。

由南郑入川，路经剑门时，诗人写了那首挺有名的绝句《剑门道中遇微雨》：

衣上征尘杂酒痕，远游无处不消魂。

此身合是诗人未？细雨骑驴入剑门。

古代有名的诗人李白、杜甫、贾岛，都有过骑驴的记录，仿佛诗人注定要骑驴似的。陆游此时在细雨中骑着驴子经过剑门，他一定想到这些诗人，于是自问：我这辈子难道只该是块当诗人的材料吗？——这话含着深深的感慨：昨天还准备做个马上杀敌的英雄呢，可那只是个梦。梦醒了，他发现自己仍不过是个驴背苦吟的诗人！

细雨骑驴入剑门

"放翁"的狂放与悲愤

在四川，陆游先后在几个地方代理地方官。不久，范成大来四川做制置使，请陆游到他的幕府做参议官。范成大跟陆游早有交往，他并不拿陆游当下属看待。陆游呢，在他面前也挺随便，两人常常在一块饮酒赋诗，高谈阔论。

同事们有点儿看不惯了，觉得陆游这么不拘小节，太狂放了点儿。陆游听了这些冷言冷语，索性自号"放翁"，每天出入歌楼酒馆，饮酒赋诗，斗鸡射雉。其实他这是有意麻醉自己呢，他何尝有一天忘记过收复失地？有一首乐府诗《关山月》，足以说明他这一时期的思想和心情：

> 和戎诏下十五年，将军不战空临边。
> 朱门沉沉按歌舞，厩马肥死弓断弦。
> 戍楼刁斗催落月，三十从军今白发。
> 笛里谁知壮士心，沙头空照征人骨。
> 中原干戈古亦闻，岂有逆胡传子孙？
> 遗民忍死望恢复，几处今宵垂泪痕！

自从朝廷与金人议和，十五年过去了。贵官们只知歌舞升平、醉生梦死，战马肥死在厩中，兵器也都朽坏了。壮士空怀报国之心，又有谁能理解？至于戍边而死者，更是白白丧失了生命！自古中原常有战乱，可是听任外族在那儿长期盘踞、传宗接代的事，却还真少有呢！中原的遗民忍辱含垢期待着光复，今夜不知

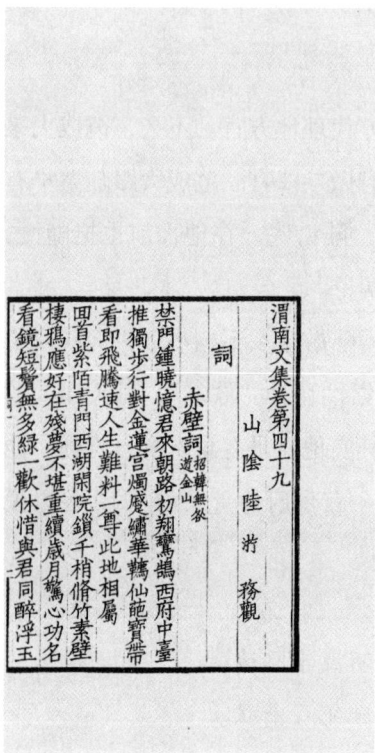

陆游《渭南文集》书影

又有多少人在伤心落泪呢!

诗中善用对比,把将军、朝臣的所作所为跟壮士、遗民的激愤痛苦放到一块比较,诗人的感慨沉痛,就在这对比中表现出来!

淳熙五年（1178）,陆游奉诏回到临安。至此,他在四川已经度过八个年头。这中间,他饱览了川中的名山大川,尤其在南郑前线经历了抗金斗争。豪纵的军旅生活、雄浑的边塞气氛,深深感染了诗人。他好像突然领悟到"诗家三昧",他的诗越来越成熟,形成雄浑奔放、明朗流畅的特有风格。——为了纪念这段川陕生活,他把诗集题为《剑南诗稿》。

塞上长城空自许,挂杖无时夜叩门

回江南后,他做过几任地方官,又在山阴闲居了几年。六十二岁时,他接到严州知州的任命。就在同一年,他写了那首有名的七律《书愤》:

早岁那知世事艰，中原北望气如山。
楼船夜雪瓜洲渡，铁马秋风大散关。
塞上长城空自许，镜中衰鬓已先斑。
出师一表真名世，千载谁堪伯仲间。

在前两句里，诗人回想起壮年时的雄心，自嘲说：那时把北伐看得过于容易了。接下来的"瓜洲渡""大散关"，分别指当年宋军在镇江抗击金人以及诗人在南郑前线的经历。五、六两句充满感叹：从前曾自命是"塞上长城"，可如今事业无成，镜子里头发倒先白了。但诗人并没有灰心，他佩服"鞠躬尽瘁，死而后已"的诸葛亮，诗的最后一句似乎在说：我虽然老了，却还想效法诸葛亮干一番事业呢！

全诗感情沉郁，却又自有一种雄健豪放的气度。"楼船夜雪瓜洲渡，铁马秋风大散关"一联，更是吟咏战争的名句。

两年任满，陆游回到朝廷。这时光宗赵惇（dūn）即位，陆游连上奏章，劝新皇帝励精图治。可是新皇帝根本不想有所作为。奸邪小人们忌恨陆游，乘机以"嘲咏风月"为罪名弹劾他，朝廷罢了陆游的官。陆游只好再回山阴。

"嘲咏风月"算是什么罪名？陆游气愤之余，索性把山阴故居取名"风月轩"，以示讥讽。

陆游一生中三次被罢官，在山阴乡下闲居二十年。他亲自参加劳动，还不时骑了驴子、带了药囊到四乡给人看病，乡亲们都欢迎他，得到救治的人家，给新生儿取名"陆"，表达对他的感激。

陆游的诗，并非一味的慷慨激昂，也有平静温和之作。举一首七律《游山西村》，那还是陆游四十二岁隐居山阴时所作：

莫笑农家腊酒浑，丰年留客足鸡豚。
山重水复疑无路，柳暗花明又一村。
箫鼓追随春社近，衣冠简朴古风存。
从今若许闲乘月，拄杖无时夜叩门。

乡村的春景在陆游诗中变得多么有味儿。农家的酒虽然并不美，可农民招待客人那股热情劲儿却让人感动。诗人在乡间闲走，看到春社临近，农民们吹箫打鼓演习祭礼，那服饰冠戴还是古朴的式样呢。

陆游此时离开官场，心里倒很轻松，他想：从今以后，若是总能像这样趁着月色随便走走，拄着手杖随时叩门跟农民朋友聊聊天，倒也蛮惬意！

诗中"山重水复疑无路，柳暗花明又一村"一联，是千古传诵的名句。那既是优美的写景联语，又含着某种哲理，经得起咀嚼玩味。

家祭无忘告乃翁

对于沦陷区的百姓，陆游一刻也不曾忘记。有一首《秋夜将晓出篱门迎凉有感》，就是他第二次赋闲隐居时所作：

三万里河东入海，五千仞岳上摩天。

遗民泪尽胡尘里，南望王师又一年。

南方入秋后，天气依然炎热。诗人夜间难以入睡，走出篱门乘凉。望着北方的天空，他想到了金人铁蹄下的大好河山和宋朝遗民。河山虽好，却早已沦为金人所有，遗民们的泪珠儿，恐怕也早就流尽了！他们眼巴巴地盼着王师来，然而又白等了一年——已经六十年啦，南宋王朝的君臣习惯了偏安的生活，早把遗民丢在脑后啦！

在一个风雨交加的夜晚，陆游又写了《十一月四日风雨大作》：

僵卧孤村不自哀，尚思为国戍轮台。

夜阑卧听风吹雨，铁马冰河入梦来！

"僵卧孤村"本来是可悲的事，可诗人并未因此自哀自怜。这位七十老翁还想为国家守卫边塞呢！夜将尽了，诗人听着风雨声，渐渐睡去。他梦见跨铁马、渡冰河，正向金人发起攻击。——那背景，一定是南郑前线吧！

陆游七十七岁那年，竟再次被起用。那时外戚韩侂（tuō）胄独揽大权，为了提高威望，他提出北伐主张，并拉拢一批有声望的人到朝廷做官。陆游早已厌倦了官场，可一听到北伐，他就坐不住了。他一生中就盼着这天呢，他多希望能为北伐出点儿力啊！可是陆游到了临安，只被安排整理史料。这使他感到失望和无聊，因而只一年，他便又回山阴去了。

韩侂胄的北伐最终失败了，朝廷再度跟金人议和。陆游的失望和悲愤简直没法形容。两年以后，八十六岁高龄的诗人满怀悲愤和遗憾离开了人世。临终前，他写下那首有名的《示儿》诗：

> 死去元知万事空，但悲不见九州同。
> 王师北定中原日，家祭无忘告乃翁。

这是陆游留给儿孙的遗嘱，里面没提一句家事，只是要求孩子们在王师平定中原时，别忘了祭告自己的亡灵！——国家不统一，他死不瞑目啊！这是和着血泪的诗篇，虽只短短四句，却饱含着诗人的爱国热情和深深遗恨！

诗词俱佳，得其三昧

陆游擅长各种诗体，尤以七律写得最好。有一首《临安春雨初霁》，堪称名篇：

> 世味年来薄似纱，谁令骑马客京华。
> 小楼一夜听春雨，深巷明朝卖杏花。
> 矮纸斜行闲作草，晴窗细乳戏分茶。
> 素衣莫起风尘叹，犹及清明可到家。

淳熙十三年（1186），诗人奉诏入京。在等待任命的日子里，他

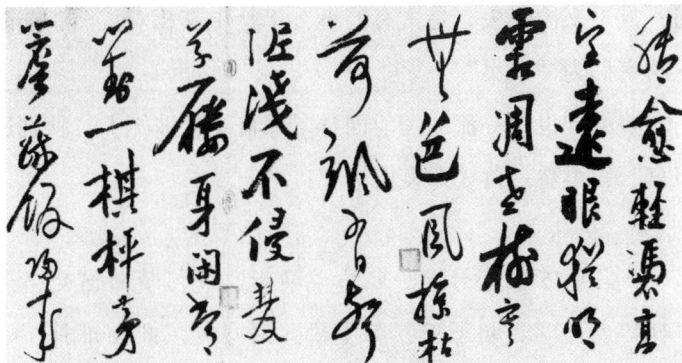

陆游草书

闲居无聊，写写草书、摆弄摆弄茶道，借以打发日子。他想起晋人陆机的诗句："京洛多风尘，素衣化为缁。"（京城的风尘太多，把我的白袍都染黑了。）陆游把这典故引入诗中，表达了对官场的厌恶。

这首律诗用典贴切，对仗工致。尤其"小楼一夜听春雨，深巷明朝卖杏花"一联，广为流传，连孝宗听了也赞叹不已！

陆游善于吸收前人的诗歌营养，风格兼有各家之长。当时有人称他为"小太白"，又有人说他的诗"可称诗史"，把他比作杜甫。

陆游给儿子传授作诗的诀窍说："汝果欲作诗，工夫在诗外。"意思是，要作出好诗来，得在生活中多下功夫。他还对另一个儿子说："纸上得来终觉浅，绝知此事要躬行。"——从书本上学来的东西总觉得不深刻，得身体力行才成！陆游自己不就是在南郑军旅生活中体会到"诗之三昧"的吗？

陆游并非不重视读书，他自己读书极多，住的屋子里满是书，床边也堆满了书，有时竟下不来床！客人来了，因书多进不了门，或进来出不去，是常有的事，于是主客相对大笑，陆游干脆把居室称为"书巢"。

陆游的词也是一流的。前面举了那首《秋波媚》（"秋到边城角声哀"），再看一首《诉衷情》吧：

> 当年万里觅封侯，匹马戍梁州。关河梦断何处，尘暗旧貂裘！　胡未灭，鬓先秋，泪空流。此生谁料，心在天山，身老沧州。

一位老英雄的暮年悲哀，表现得多么深沉！他还有一首《卜算子·咏梅》，也为人熟知：

> 驿外断桥边，寂寞开无主。已是黄昏独自愁，更著风和雨。　无意苦争春，一任群芳妒。零落成泥碾作尘，只有香如故！

你看，在凄风苦雨的黄昏，梅花独自开放在断桥边，任凭百花妒忌，并不想跟谁争什么。——不过梅花就是飘落在地，碾作尘埃，那清香也还是掩不住啊！

沈园题诗寄深情

沛沛说："去年暑假跟爸爸妈妈到绍兴旅游，有一所公园里，还有陆游的题诗呢。"

爷爷说："你说的是沈园吧？这里面还有个感人的爱情故事呢。

陆游二十岁时，跟表妹唐琬结为夫妻，两人感情极好。可陆游的母亲打心眼儿里不喜欢这个儿媳，孝顺的陆游只好跟妻子分了手。

"一晃七八年过去了，一次陆游到沈园游玩，刚好碰到唐琬。此时唐琬已经改嫁，她的丈夫听说陆游是唐琬前夫，还特意派人送过酒食来致意。陆游几杯酒下了肚，旧事涌上心头，于是在沈园墙壁上挥手题了一首《钗头凤》：

> 红酥手，黄縢酒，满城春色宫墙柳。东风恶，欢情薄，一怀愁绪，几年离索，错错错！ 春如旧，人空瘦，泪痕红浥鲛绡透。桃花落，闲池阁，山盟虽在，锦书难托，莫莫莫！

一双秀手递过一杯美酒，勾起词人的满怀愁绪，春天的景色也变得惨淡。想起来，几年的分离实在是错上加错！一个泪湿绸衫，

今日沈园

一个身形消瘦，这究竟是为什么？当年海誓山盟的情景还历历在目，可如今书信也难通一封。——罢了，罢了！还提它做什么！

"这首词情真意切、哀婉动人。据说唐琬读了难过万分，回家后一病不起，不久就离开了人世。

"又过了四十多年，陆游故地重游，沈园早已变了样，墙上的题词也剥落了。他再次题诗道：

> 梦断香消四十年，沈园柳老不吹绵。
> 此身行作稽山土，犹吊遗踪一泫（xuàn）然！

多年的柳树已不再飘柳絮，可老人心中潜藏的爱，却从未泯灭。哪怕身体衰朽，即将变作会稽山上的泥土，面对当年遗迹，诗人仍不免泪流满面！

"陆游作诗甚勤，有人得到他一卷诗稿，上面标着日子，诗人七十八天作了一百首诗，有时一天不止一首！他一生所作诗词，遗失了不少，存留至今的仍有九千三百首！其中爱国题材的竟占了一半以上！陆游是一位名副其实的爱国诗人，他用毕生生命吟咏出南北人民要求收复失地、统一祖国的强烈愿望！近代学者梁启超在《读陆放翁集》一诗中吟咏道：

> 诗界千年靡靡风，兵魂销尽国魂空。
> 集中十九从军乐，亘古男儿一放翁！

梁启超说陆游的诗集中十分之九都是抗金诗歌，显然有些夸张，但说他是古今少有的男子汉、大丈夫，陆游却是当之无愧的！"

第 33 天

英雄词人辛弃疾

附辛派词人

威震敌胆的辛弃疾

沛沛问爷爷："陆游的诗写得最好，那么南宋有没有杰出的词人呢？"

"怎么没有，"爷爷回答，"跟陆游几乎同时的辛弃疾（1140—1207）就是一位杰出的词人。说起来，辛弃疾跟陆游还是志同道合的朋友呢。不过他俩交游是很晚的事了。

辛弃疾

"那是陆游最后一次被起用的时候，辛弃疾也刚好奉诏到临安。两人都是当世著名的文学家，性格又都是那么豪放不羁。更重要的是，他俩都积极主张抗战，因而一见如故，非常谈得来。陆游还有长诗写给辛弃疾呢。

"不过两人也有不同：辛弃疾的官做得比陆游

大，功业也高于陆游。此外，辛词中有一股英雄气概，也跟陆诗中忧国忧民的情调有所不同。

　　"辛弃疾字幼安，号稼轩，出生在山东济南一个世宦之家。他出生时，家乡已经被金人占据十多年。爹爹死得早，是爷爷把他养大的。爷爷本是宋朝官吏，济南沦陷后被迫做了金人的官儿，可心里却忘不了宋朝，没事总带着孙儿登高远望，给他指点祖国的大好河山。他还让孙儿借着到燕京应考之机，探听敌占区的虚实，准备有所作为。

　　"辛弃疾二十二岁那年，金主完颜亮举兵南下，北方民众乘机而起，纷纷起兵。辛弃疾也聚集了两千多人，投奔了耿京率领的农民义军，在军中做'掌书记'。这段时间里，有两件事使辛弃疾出了名。

　　"一件是，耿京义军里有个叫义端的和尚，本是辛弃疾介绍来的。没想到这家伙心怀鬼胎，一天夜里偷了耿京的大印，逃往金营。辛弃疾听到消息，跳上马连夜向金营追去，半道追上义端，砍了他的脑袋，夺回了大印！

　　"另一件是辛弃疾劝耿京归顺南宋，并亲自过江跟南宋王朝接洽，还受到高宗皇帝的接见，事情很快谈妥了。可是辛弃疾赶回山东时，发现耿京已被叛徒杀害，头颅也已献给了金人。

　　"辛弃疾二话没说，带了五十名骑兵冲向金营。叛徒此刻正跟金将大吃大喝呢。辛弃疾冲进去把叛徒抓住，又箭一样冲出来，如履平地，无人敢拦！

　　"辛弃疾马不停蹄跑了几个昼夜，把叛徒带回建康，献给高宗杀掉了。跟辛弃疾一同归来的耿京旧部有一万余人。——这时的辛弃疾才二十三岁，可他的大名却威震敌胆，传遍了大江南北。"

倩何人揾英雄泪

宋王朝重文轻武，做官必须经过科举选拔。辛弃疾说：这有何难？花三百文铜钱，买一部"时文"就是了！——他所说的"时文"，是指科举考试的范文。果然，辛弃疾稍做准备，一考就中。皇帝接见他时，开玩笑说：用三百铜钱换我爵位的就是你吧？

不过对于北方归来的农民军将领，南宋王朝并不信任。辛弃疾只被安排了一个江阴签判的差使，得不到施展抱负的机会。他一次又一次上书，提出抗金的主张和建议。《美芹十论》和《九议》都是很有政治见地的好文章。可惜朝廷一心议和，辛弃疾的建议就像是对牛弹琴。

辛弃疾内心痛苦，他在《水龙吟·登建康赏心亭》中唱道：

> ……落日楼头，断鸿声里，江南游子。把吴钩看了，阑干拍遍，无人会，登临意。……可惜流年，忧愁风雨，树犹如此！倩（qìng）何人唤取，红巾翠袖，揾（wèn）英雄泪！

词人最苦恼的是没有人理解自己的胸怀。时光像水一样流去，眼看着国家处在风雨飘摇中，自己却无所作为，他不禁流下英雄的热泪。

朝廷没有采纳辛弃疾的奏议，但也渐渐认识到他的才能。此后，他常被派去解决难题。三十二岁时，他被任命为滁州知州。不上半年，他就把城郭萧条的州县治理得生气勃勃。几年以后，他又被派到江西讨伐"茶商军"。他虽然迅速扑灭这次起义，可同时又向皇帝上书，提出不要把百姓逼得太紧。

在江西，他游览了赣州的郁孤台，写下《菩萨蛮·书江西造口壁》：

> 郁孤台下清江水，中间多少行人泪！西北望长安，可怜无数山。　　青山遮不住，毕竟东流去。江晚正愁余，山深闻鹧鸪。

四十年前，金人打到江西，杀了许多人。词人登台览胜，想到这台下的清江水中，曾流淌着流亡百姓的泪水。抬头远望被金人占领的长安，目光却被无数青山挡住了。

可青山挡不住浩荡东流的江水。天色将晚，深山里又传来鹧鸪的啼叫，这一切融成一种令人感伤的气氛。——作者的抗金夙愿难以实现，只能在后方东奔西忙，他的心情能不郁闷吗？

此后他还领导了江西的救灾工作。不久又被派往湖南做官。他组

郁孤台位于江西赣州

建了一支英勇善战的飞虎军。修建军营时，正赶上秋雨连绵，没法烧瓦。辛弃疾问：需要多少瓦？回答说二十万片。辛弃疾下令，除了从官舍、寺庙屋顶上取一些来，再向城中百姓每家借瓦二片。结果不出两天，营房就建好了，人们都叹为奇迹！

飞虎军训练有素，战斗力强。四十年后，金人一听"虎儿军"还胆战心惊呢！

壮岁旌旗拥万夫

当权的主和派可不喜欢辛弃疾。对此，辛弃疾心里很明白。刚四十出头，他已做了退隐的准备。他在信州上饶郡城外买了一块地，建造了一座庄园，取名"带湖新居"。庄园里还筑了一座厅堂，取名"稼轩"，意思是学种庄稼的地方。"稼轩"从此成了辛弃疾的别号。

就在新居落成的这一年，辛弃疾遭人弹劾，受到削职处分。他真的住进了稼轩，这一住就是二十年。除了中间有两年被任命为福建路安抚使以外，他一直过着赋闲生活。

有一回，有个客人慷慨激昂，大谈功名，触动了辛弃疾的心思，他便作了那首《鹧鸪天》：

壮岁旌旗拥万夫，锦襜（chān）突骑渡江初。燕兵夜娖（chuò）银胡䩮（lù），汉箭朝飞金仆姑。　追往事，叹今吾，春风不染白髭须。却将万字平戎策，换得东家种树书。

说到建功立业，有谁比得了辛弃疾？他早年和耿京率军二十五万，与金人展开斗争，后来又率万人南渡。谈起这些，词人打心眼儿里感到自豪。

可这毕竟是往事啦。如今，朝廷不再任用自己，那洋洋万言的平戎策论，也只好拿去向邻家换一本谈农艺的小册子罢了！这最后两句，刚好给"稼轩"做了注脚。辛弃疾的一股抑郁不平之气，通过他的词发泄出来，形成一种雄豪悲壮的风格。——词中的"燕""汉"分别指金人和宋军；"胡䩇"是箭筒、"仆姑"为利箭，都泛指兵器。

四十八岁那年，辛弃疾跟当时另一位著名词人陈亮在鹅湖那地方见了面。他俩痛痛快快聊了十天，相互唱和，十分投机。——陈亮也是力主抗金的志士，年龄跟辛弃疾相仿，志趣相投、词风相近。在朋友面前，辛弃疾敞开心扉，他的《破阵子》就是专门写给陈亮的：

> 醉里挑灯看剑，梦回吹角连营。八百里分麾下炙，五十弦翻塞外声，沙场秋点兵。　　马作的卢飞快，弓如霹雳弦惊。了却君王天下事，赢得生前身后名，可怜白发生！

作者醉中挑亮油灯，端详手中长剑。一觉睡去，他又梦见昔日的戎马生活：军营中号角此伏彼起，战士们分吃着烤肉，乐队奏起悲壮的军乐，大军正在战场上检阅呢！进攻开始了，战马如飞，弓弦发出炸雷声。——本想着替君王扫平天下，自己也功成名就、流芳千古；可惜壮志未酬，却已生出白发！

晋代贵族王恺养过一头名贵的牛，取名"八百里驳"，后因赌博，输给他人，被当场宰杀吃肉。——词中"八百里分麾下炙"即用此典，表示将军与士兵同甘共苦，再珍稀的美味也一同品尝！

这首词题为"为陈同甫（同甫是陈亮的字）赋壮词以寄之"。"壮词"二字，正道出此词的特点。全词一片豪情壮气，奔涌直泻，真有不可遏止之势！

乡居学稼穑，无语道凄凉

辛弃疾的词并不总是激昂高亢的。他常常感到孤独寂寞，每当这时，他的词也染上了凄凉悲伤的色彩。一次，他在带湖附近的一座庵堂独宿，夜半醒来，百感交集，写下了这首《清平乐》：

> 绕床饥鼠，蝙蝠翻灯舞。屋上松风吹急雨，破纸窗间自语。　　平生塞北江南，归来华发苍颜。布被秋宵梦觉，眼前万里江山。

词的上片渲染了极为凄凉的气氛：饥饿的老鼠绕床乱跑，蝙蝠围着孤灯上下翻飞。屋顶上，松间的风挟着急雨阵阵袭来，破窗纸被风吹响，就像是自言自语！

词人的思绪回到了过去：塞北江南奔忙半生，如今免官归来，已是须发花白、容颜苍老。当这深秋之夜，一觉醒来，倍觉江山的可爱。——而这大好江山，还有一半在金人手中呢！

一个人忧愁太深，反而无话可说了。《丑奴儿·书博山道中壁》写的就是这样的情形：

> 少年不识愁滋味，爱上层楼；爱上层楼，为赋新词强说愁。　而今识尽愁滋味，欲说还休；欲说还休，却道"天凉好个秋"！

年轻时，没尝过愁是什么滋味，可作诗填词偏爱说个愁呀恨呀

辛弃疾《稼轩词》书影

的。如今"识尽愁滋味"，说了又有什么用？张张嘴，却冒出一句无关痛痒的话：真凉快呀，好个秋天！

词全用白话，写得并不沉重，甚至还有点儿诙谐。可你仔细玩味，会发现在那句"天凉好个秋"的后面，作者内心正愁深似海！

辛弃疾乡居学稼二十年，他的作品里，自然少不了描写乡村生活的词作，像这首《清平乐·村居》：

> 茅檐低小，溪上青青草。醉里吴音相媚好，白发谁家翁媪？　大儿锄豆溪东，中儿正织鸡笼。最喜小儿无赖，溪头卧剥莲蓬。

还有那首《西江月·夜行黄沙道中》：

明月别枝惊鹊，清风半夜鸣蝉。稻花香里说丰年，听取蛙声一片。　　七八个星天外，两三点雨山前。旧时茅店社林边，路转溪头忽见。

这是两幅多么美好的乡村图画。前一首把人物写活了，尤其是那一对乐天的老夫妇，还有淘气又嘴馋的小弟弟，简直呼之欲出。后一首写乡村夏夜景色。月白风清，稻香蛙鸣，把读者带进一个幽美的月夜中去。"七八个星""两三点雨"，多么俏皮！不说人在走，却说"茅店""忽见"，这种动势，让图画也活了起来！

廉颇老矣，尚能饭否

嘉泰三年（1203），韩侂胄鼓吹北伐，起用辛弃疾为浙江东路安抚使，这时辛弃疾已六十四岁。两年以后，辛弃疾做镇江知府时，写下了那首有名的《永遇乐·京口北固亭怀古》：

千古江山，英雄无觅，孙仲谋处。舞榭歌台，风流总被，雨打风吹去。斜阳草树，寻常巷陌，人道寄奴曾住。想当年，金戈铁马，气吞万里如虎。　　元嘉草草，封狼居胥，赢得仓皇北顾。四十三年，望中犹记，烽火扬州路。可堪回首，佛狸祠下，一片神鸦社鼓！凭谁问，廉颇老矣，尚能饭否？

辛弃疾身在京口，联想到孙权、刘裕两位历史上的英雄人物，并对他们"金戈铁马，气吞万里如虎"的英雄气概表示敬佩。在下片，作者提到草草北伐而终于失败的南朝宋文帝。其实是在警告韩侂胄不要急于建功，否则会重蹈前人失败的覆辙。

词人回顾了四十三年前自己渡江南来的情景。可眼前呢：北方百姓的民族意识已经模糊，他们在外族统治者的庙宇前迎神赛会，让人看了揪心！最后三句，词人以廉颇自比，表达了老当益壮愿为北伐出力的雄心壮志。

这首词风格沉郁苍凉，很有分量。虽然用了许多典故，可是结合当时局势，用得贴切，且含义丰富，经得起回味。后人评论说，辛词中这一篇应当列为第一。

投闲置散，壮志难酬

就在同一年，辛弃疾再次登北固亭，写下《南乡子·登京口北固亭有怀》：

> 何处望神州？满眼风光北固楼。千古兴亡多少事，悠悠，不尽长江滚滚流。　　年少万兜鍪，坐断东南战未休。天下英雄谁敌手，曹刘，生子当如孙仲谋。

这首词上片写景，下片怀古。词中特别称赞了孙权，他十九岁做了吴主，拥兵上万，占据东南，面对曹操、刘备那样的一代英雄毫不惧怕，连曹操也不能不发出由衷的赞叹。辛弃疾话外有话：

当今有哪位统帅能比得上孙权？

全词无论写景还是论人，都从大处落笔，气势壮阔。全篇三问三答，自相呼应，并把古人原话嵌入词中，写得自然流畅、天衣无缝。跟《永遇乐·京口北固亭怀古》相比，别是一味！

在镇江任上，辛弃疾认真做着北伐准备。他制造了一万套军服，还打算招募一万名精兵。可韩侂胄并不想重用他，不久便把他调走，接着又免了职。他失望地再回信州去。

果不出辛弃疾所料，韩侂胄急于求功，不做认真准备，北伐刚一开始，便告失败！金人提出讲和的条件：要韩侂胄的脑袋！韩侂胄大怒，再次对金用兵，并想请辛弃疾出山。可是诏命传到铅山，辛弃疾已重病不起。就在开禧三年（1207）九月，这位爱国词人怀着忧愤离开了人世。这一年，他六十八岁。

辛弃疾雄韬伟略，具有将相之才，这是朝野一致公认的。可惜南宋小朝廷一心苟安，不肯重用他。他"投闲置散"二十年，把全部精力用在词的创作上。他用词抒发豪情，宣泄悲愤，表达爱国热情。辛词继承了东坡词的豪放风格，两人并称"苏辛"。

江西上饶铅山的辛弃疾像

其实辛词反映的社会内容更广阔，风格也更多样。词中显示出奔放、豪爽的英雄本色，特别富于感染力。——在中国诗坛上，绝大多数诗篇是文人的作品，像辛弃疾这样英雄式的辞章，还真是少见呢！

辛派词人陈亮、刘过

爷爷说："辛弃疾与南宋的一代大儒朱熹还是朋友呢。朱熹曾到辛弃疾的铅山别墅拜访，并为书斋题写匾额。朱熹死时，他的理学主张正受排斥，辛弃疾不顾朝廷禁令，亲往武夷山吊唁，在祭文中称赞朱熹：'所不朽者，垂万世名。孰谓公死，凛凛犹生！'"

沛沛问："辛词的风格，别人一定很难模仿吧？"

"可不是。辛词风格的形成，既有个人性格、经历方面的原因，也有社会的原因。辛弃疾性情豪放，每当宴会，便命歌姬唱所填新词，高兴时，还自己朗诵得意的词句：'我见青山多妩媚，料青山见我应如是。''不恨古人吾不见，恨古人不见吾狂耳！'——至于辛词的豪迈兼带沉郁的风格，应是受当时社会气氛影响的结果吧。

"跟辛弃疾词风格相近的，还有几位词人，如前边提到的陈亮（1143—1194）。陈亮一生喜欢谈兵，曾上书谈国事，却不受重视。他多次参加科举考试，五十一岁时竟高中状元，可惜第二年他就去世了。他的那首《水调歌头·送章德茂大卿使虏》最有名，词的下片写道：

……尧之都，舜之壤，禹之封。于中应有，一个半个耻臣戎。万里腥膻如许，千古英灵安在，磅礴几时通？胡运何须问，赫日自当中。

词中说：在尧舜禹的故乡，总还应有一个半个耻于向金称臣的仁人志士吧？在金人盘踞的中原大地上，古代英雄豪杰的英灵哪儿去了？他们的浩然正气，几时能贯通天地、压倒邪气？

"最后，词人自己做出斩钉截铁的回答：金国的命运还用问吗？就快完啦！大宋的国运却像红日当空前途无限呢！——你看，气势够豪迈吧，只是文采比辛词稍逊一筹。

"在辛派词人中，还有一位刘过也曾上书朝廷，力主恢复中原，却不被重视。他后来流浪江湖间，曾为辛弃疾的座上客。他的词学辛弃疾，词风豪放，充满爱国热情，他有一首《六州歌头·吊武穆鄂王忠烈庙》，热烈歌颂抗金名将岳飞，说：'中兴诸将，谁是万人英？身草莽，人虽死，气填膺，尚如生！'

"在《沁园春·寄辛承旨》一词中，他还把不同时代的几位诗人白居易、林逋、苏轼、辛弃疾写到一块儿，这几位谈笑风生，充满机趣。——现代某些'荒诞'作品常用这种手法，说起来，他们真应拜刘过为师呢！"

南宋后期的文坛

附金代文学

直把杭州作汴州

"当陆游和辛弃疾为国家命运悲愤流泪、慷慨赋诗时，南宋的临时都城临安却是一派歌舞升平。那些达官贵人们哪里还存着恢复失地的念头呢？他们早已忘记大宋的国都汴梁正让金人霸占着呢！

"有一位不大知名的诗人林升（生卒年不详，约活跃于1170年前后），写了一首有名的'墙头诗'《题临安邸》：

> 山外青山楼外楼，西湖歌舞几时休？
> 暖风熏得游人醉，直把杭州作汴州！

这诗讽刺得真够辛辣！一个'熏'字，把达官贵人的醉生梦死之态写活了！

"衰靡的世风也影响到文风。南宋后期，婉约派词人占了上风。他们一味讲究辞藻声律，小心避开政治，只写些山水风光，抒发些个人愁苦。就是当时的人，对这种词风也很不满意，说是'称斤注两'、一派'衰气'。——在婉约派词人中，姜夔（kuí）、吴文英是最著名的两位，追随他们的人也不少。

"诗坛的情况又怎么样呢？这一时期有四位诗人比较有名，人称'永嘉四灵'，他们开创的流派叫作'江湖派'。不过在蒙古人南下、南宋灭亡的当口，士大夫中还涌现了一批爱国诗人，很值得说一说。他们中为首的是文天祥，此外还有刘辰翁、汪元量等。他们的诗文，到今天还放射着光彩呢！"

雾里看花的姜夔词

姜夔（约1155—1209）号白石道人，可他并不是什么道士。他一生屡试不中，一直没能做官，只是往来于大官僚府中，陪人家谈文作诗，当个清客。

姜夔不但是词家，诗写得也很好。他的诗名，在当时差不多赶上了"中兴四大诗人"。他跟杨万里、范成大和尤袤都有交情，常有诗篇唱和。

姜夔的一组《昔游诗》，回忆了早年为衣食奔走的旅途所见，写大江、写冰岸、写风雪，都形象逼真。像《除夜自石湖归苕溪》，是他在范成大别墅做客后，回家途中写的。其中一首这样写道：

姜夔

细草穿沙雪半销，吴宫烟冷水迢迢。

梅花竹里无人见，一夜吹香过石桥。

你看，梅花让竹林遮住了，没人注意。可清香却遮不住，被风一吹，一直飘过石桥来。这是多么美妙的夜晚！

姜夔的词更著名。词中善于抒情，但不像苏、辛词那样内容充实。像这首《点绛唇·丁未冬过吴淞作》：

燕雁无心，太湖西畔随云去。数峰清苦，商略黄昏雨。　第四桥边，拟共天随住。今何许？凭栏怀古，残柳参差舞。

词人把眼前景物写得那么冷落凄苦。候鸟无心留恋，随云飞去，眼前只有几树残柳，在欲雨的黄昏里随风乱舞。"数峰清苦，商略黄昏雨"两句写得最妙，山水也有了人的感情举止——人的伤感跟寒山瘦水、暮云残柳全都融成了一片！

可是词人还是躲不开国势颓危的社会现实。有一年，他路过扬州，看到"春风十里扬州路"遭金人侵袭，已变成"荠麦青青"的废墟和荒野，心情万分沉重。扬州有座"二十四桥"，过去是个繁华处所，桥边盛产红芍药。可现在呢？"二十四桥仍在，波心荡，冷月无声。念桥边红药，年年知为谁生！"（《扬州慢》）这种感慨多像杜甫的"国破山河在，城春草木深"——城市荒废成这个样子，芍药花为谁而红？

有人说，读姜夔的词，如同"雾里看花"，总像是隔着一层。有人却喜欢这种韵味。当时的范成大、杨万里、辛弃疾，就都欣赏他的词。

文英听风雨，竹山咏樱桃

吴文英（约1212—约1272）是继姜夔之后又一位婉约派大词家。他的经历跟姜夔也很相近，一辈子没做过官，经常往来于苏杭一带官僚之家，同样当个清客。

吴文英的词多爱写景，看这首《望江南》：

> 三月暮，花落更情浓。人去秋千闲挂月，马停杨柳倦嘶风。堤畔画船空。　　恹恹醉，长日小帘栊。宿燕夜归银烛外，流莺声在绿荫中，无处觅残红。

词中写暮春景色：花落尽了，连"残红"也无处寻觅。人离去，只留下对月闲挂的秋千。马在杨柳边懒洋洋地嘶鸣，画船也空在一旁。主人醉酒，睡了一天。黄昏掌灯时分，燕子归来，夜莺在一片绿荫中啼叫。——这暮春晚景让人感到慵懒而又惆怅。

有一首《风入松》，则是吟咏一段破灭的爱情：

> 听风听雨过清明，愁草《瘗（yì）花铭》。楼前绿暗分携路，一丝柳，一寸柔情。料峭春寒中酒，交加晓梦啼莺。　　西园日日扫林亭，依旧赏新晴。黄蜂频扑秋千索，有当时、纤手香凝。惆怅双鸳不到，幽阶一夜苔生。

在清明的凄风苦雨里醉写《瘗花铭》，这里的"瘗花"，分明暗示着爱情的完结。楼前的绿荫也让人伤心，因为那儿正是分手之地啊。几杯淡酒，暖得了身，暖不了心。晓莺乱啼，吵醒的恰恰是团圆美梦吧？到园子里散散心，可到处都惹人伤心：秋千旁蜂狂蝶乱，那绳索上一定还留着女子的手上余香呢；青苔爬上台阶，女子的双脚再也不会踏上……

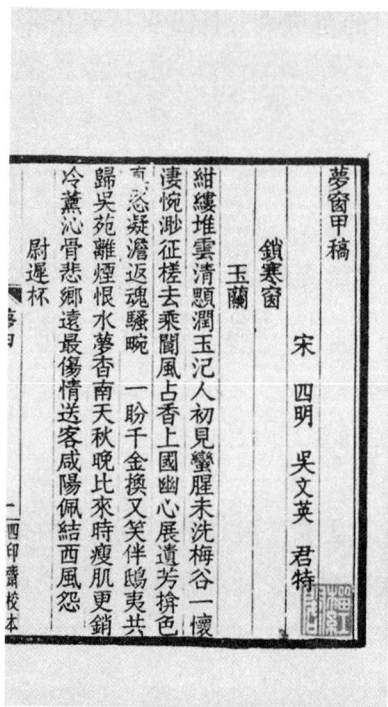

吴文英《梦窗稿》书影

词人借景抒情，把一段失落的情感，描摹得缠绵悱恻、凄切动人。可是这感情有点儿过于纤细、过于女性化了。

吴文英自有一套理论，他说填词"发意未可太高，高则狂怪而失柔婉之意"。——可是北边国境还屯扎着金人的虎狼之师，前线更需要辛弃疾式的英雄战歌；吴文英的"柔婉"在此时此刻，实在有点儿不合时宜。

南宋晚期比较有名的词人，还有史达祖、高观国、周密、王沂孙、张炎、蒋捷等。

对了，蒋捷的词挺有特色，看看这首《一剪梅·舟过吴江》：

一片春愁待酒浇。江上舟摇，楼上帘招。秋娘渡与泰娘桥，风又飘飘，雨又萧萧。　何日归家洗客袍？银字笙调，心字香烧。流光容易把人抛，红了樱桃，绿了芭蕉。

人在旅途，春日将尽，还家无日……古诗词中这类游子伤春的作品，可谓"一抓一大把"。可是我们却从蒋捷的词中读到一点儿不一样的东西：明明是凄风苦雨的旅程，连浇愁的酒都没有一滴，他却仍有心思欣赏楼上的旗招，玩味沿途的地名，并已开始盘算归家后的惬意生活了！结尾的"红了樱桃，绿了芭蕉"虽是感叹光阴易逝，却也让人眼前一亮……这种苦中作乐的心态，在宋末元初的文坛上还是不多见的。

蒋捷（生卒年不详）是宋末进士，宋亡后不肯做官，流落江湖，行囊里往往只带一支笔，靠着给人抄抄写写勉强糊口。他别号竹山，人称"竹山先生"，又因这首《一剪梅》，得了"樱桃进士"的雅号。

唐代刘长卿自诩为"五言长城"，蒋捷则被后人称为"长短句之长城"（清·刘熙载）——他应是南宋最后一位词人了。

四灵与江湖派

说到诗，就不能不提"永嘉四灵"和"江湖派"。差不多跟姜夔同时，永嘉那地方出了四位诗人：徐玑（1162—1214）、徐照（？—1211）、翁卷（生卒年不详）和赵师秀（1170—1219）。他们的字或号中凑巧都有一个"灵"字：灵渊、灵晖、灵舒、灵秀，于是人们称之为"四灵"。"江湖派"呢，便是受四灵影响开启的诗派。

四灵反对江西诗派的文学主张，认为这一派作诗用典太多，简直是在抄书。江西诗派推崇杜甫，江湖派偏要对着干，抬出晚唐诗人来对抗。由于取法不高，他们的诗又缺少才力和气势，因此成就并不突出。

不过有些小诗，在平淡自然中蕴含着生机，显得别具一格。像翁卷的《乡村四月》：

> 绿遍山原白满川，子规声里雨如烟。
> 乡村四月闲人少，才了蚕桑又插田。

又如赵师秀的《约客》：

> 黄梅时节家家雨，青草池塘处处蛙。
> 有约不来过夜半，闲敲棋子落灯花。

这些诗明白如话，写的全是眼前景色、身边情致，确实跟江西诗派的诗不同。在当时，江湖派的诗风很盛行了一阵子，大大削弱了江西诗派的势力。

江湖派的代表诗人，有刘克庄、戴复古、叶绍翁等。就来说说刘克庄吧。

刘克庄（1187—1269）是江湖派中的大家。江湖派中大多是流落江湖的布衣诗人——江湖派这个名称就是这么来的。可刘克庄却是个特殊的例子，他的官儿一直做到龙图阁学士。刘克庄的诗虽受四灵影响，却也有不少鞭挞现实的作品，如《戊辰即事》：

> 诗人安得有青衫，今岁和戎百万缣（jiān）。
> 从此西湖休插柳，剩栽桑树养吴蚕。

南宋伐金失败，与金人媾和，年年向金人输送大量白银和细绢。诗人在诗里讽刺说，由于拿了百万匹丝缣去"和戎"，搞得诗人没有衣服穿；今后西湖不要再栽花插柳了，还是多种桑树、养蚕缫丝为是！

刘克庄的词学辛弃疾。学得最像的如这首《沁园春·梦孚若》，词的下片这样写道：

> ……叹年光过尽，功名未立，书生老去，机会方来。使李将军，遇高皇帝，万户侯何足道哉！披衣起，但凄凉感旧，慷慨生哀！

孚若是刘克庄的朋友，词中感慨他的遭遇，用汉将李广作比。李广是出色的军事家，可惜生不逢时。汉文帝曾感叹说：可惜呀，你没赶上机会。假如是在高祖时代，当个万户侯是没说的！——刘克庄这是借古人的遭遇替朋友鸣不平呢！到了"披衣起"三句，不但是感旧，也抒发了自己的悲愤和感慨！

叶绍翁（1194— ？）的名字可能记住的人不多，但他的小诗《游园不值》却妇孺皆知：

应怜屐齿印苍苔，小扣柴扉久不开。

春色满园关不住，一枝红杏出墙来。

前两句倒因为果，是推测之词：花园的门总也敲不开，别是主人怕来客踩坏苍苔，故意锁上的吧？接下来的镜头让人眼前一亮：园子里的春日景色是"关"不住的，你看，一枝红杏明艳照眼，伸出墙外，像是跟客人打招呼呢！

"留取丹心照汗青"的文天祥

说到南宋末年的爱国诗人，文天祥的鼎鼎大名没人不知道。文天祥（1236—1283）是位政治家，中过状元，在国难当头之际出任右丞相，曾出使元营去谈判，被敌方扣留，好不容易才脱险回来。

后来他在温州拥立宋端宗，转战东南，力图恢复。最终在广东五坡岭被俘，押往大都（今北京）囚禁了四年，终因坚贞不屈，遭到杀害。

他人在北方，心向南宋，

文天祥

曾有诗句"臣心一片磁针石，不指南方不肯休"(《扬子江》)，表达了对南宋王朝的耿耿忠心。他的诗集也题为《指南录》《指南后录》。

在《指南录后序》里，作者自述出使元营被扣及脱险的经过，一口气数说了一路上遇到的十八个生死关头，读了真让人惊心动魄！

《过零丁洋》是《指南录》中很有名的一首七律：

> 辛苦遭逢起一经，干戈寥落四周星。
> 山河破碎风飘絮，身世浮沉雨打萍。
> 惶恐滩头说惶恐，零丁洋里叹零丁。
> 人生自古谁无死，留取丹心照汗青！

诗只有八句，内容却无比丰富。诗人自幼攻读儒家经书（"起一经"），抱定忠君报国的志向，这也决定他这一生必然要遭逢"辛苦"。果然，国难当头，他率军抗元，屡败屡战，眼看已有四个年头（"四周星"）。诗人用风吹柳絮、雨打浮萍，形容山河破碎的局面和漂泊不定的经历。而"惶恐滩"和"零丁洋"，则是诗人战败及被捕的地方，将这两个地名嵌入诗句，既叙经历，又写心情，可谓天然绝对儿。

最感人的还是诗的尾联："人生自古谁无死，留取丹心照汗青！"——面对死亡，诗人正气凛然，义无反顾！这联诗也拨动了后世无数仁人志士的心弦，成为他们舍生取义、杀身成仁的豪壮誓言！

文天祥被押到大都后，单独关进一间低矮狭小的土室中。一到夏天，里面湿热难挨。文天祥的《正气歌》就是在这间土室里写成的。在《正气歌》的序言里，文天祥自述土室内有七种气：水气、土气、日气、火气、米气、人气、秽气，哪一种气都足以使人发病。可是他又说："孟子曰：'我善养吾浩然之气。'彼气有七，吾气有一，以一敌七，吾何患焉！"——文天祥的"一气"，就是孟子所说的"浩然正气"啊！

文天祥还在《正气歌》中一口气列举了十二位历史上的忠臣义士、壮烈人物，说他们正因有正气在胸，才做出可歌可泣的事业和举动来！——也正是凭着胸中这股浩然正气，文天祥坚守节操、誓不降元，在青史中留下光辉的篇章！

遗民文人，雪中松柏

再介绍几位遗民文人。所谓"遗民"，指的是那些亡了国却不甘心投降的人。其中有名的几位，是汪元量、谢枋得、谢翱、郑思肖和林景熙。

汪元量（1241—1317）是南宋宫廷的一个琴师，元兵灭宋后，太后和小皇帝都被掳到北方，他也跟了去，于是成了这段特殊历史的见证人。一路上，他写了九十八首诗，取个总名叫《湖州歌》，把北上见闻及亡国臣民的表现写得十分真切！

诗人对带头投降的太后谢道清及文武降臣十分不满，在《醉歌》中叙述谢太后在降表上签字的情景说："侍臣已写归降表，臣妾佥名谢道清。"（佥：签。臣妾：谢太后投降金朝，故自称臣妾。）又说："昨日太皇请茶饭，满朝朱紫尽降臣。"（太皇：谢太后。朱紫：本为高官服色，这里借指高官。）这些诗句，都表达了对投降者的不满和蔑视，哪怕她是太后！

汪元量久留燕京，常到监中探望文天祥，还写诗与文天祥唱和，他对宋王朝的感情是很深的。

谢枋得（1226—1289）跟文天祥是同科进士。宋末曾抵抗元军，失败后改名换姓，隐居闽中，靠算卦、教书度日。元人几次召他出仕，他坚辞不肯。后来被强行送往大都，他便绝食而死！他在北上前曾作诗跟朋友诀别，第一联就是"雪中松柏愈青青，扶植纲常在此行"（《初到建宁赋诗一首》），——他就是那临寒不凋的松柏呀！

谢翱（1249—1295）也是位读书人。文天祥起兵抗元，他带了几百人去投奔，在军中做了咨议参军。文天祥遇难后，他便去东南各地漫游，所到之处，常要哭祭文天祥。

《登西台恸哭记》，就记述了他在浙江桐庐西台哭祭文天祥的情形。文中描写了西台的荒凉、天气的阴晦，让人感到悲从中来。他为文天祥作歌招魂，用竹制的如意敲石头打拍子。等歌唱完，竹子和石头全都敲碎了！——作者的激愤，正是从这些细节中显现出来的。

还有一位叫郑思肖（1241—1318），字所南。"思肖"这个名字是宋亡后改的，隐含着思赵的意思——宋代皇帝姓赵，繁体字写作"趙"。他还把住的地方命名为"本穴世界"，你看，把本字的"十"挪到穴字里，不就成"大宋世界"了吗？他平日坐卧，总要面南背北，表示不忘先朝。他能诗善画，画兰花

郑思肖所画的无土墨兰

不画土，说是宋朝的土地已被夺走了。他的《寒菊》诗里有"宁可枝头抱香死，何曾吹落北风中"的句子，"北风"便是影射北来的蒙古人啊！

林景熙（1242—1310）也是位有骨气的文人。宋亡后，有个元朝和尚杨琏真迦盗挖宋帝陵墓。林景熙冒着危险收拾宋帝遗骨，重新掩埋，还栽了冬青树作为标志。

有一回，他在某处留宿，无意中发现新糊的窗纸竟有一封宋代的奏疏。他很有感触，写了一首七绝《山窗新糊有故朝封事稿阅之有感》：

偶伴孤云宿岭东，四山欲雪地炉红。

何人一纸防秋疏，却与山窗障北风。

"防秋疏"是建议朝廷在秋季防备外敌的奏疏，本应出现在皇帝的"龙书案"上，结果却出现在这里。——正确的意见得不到采纳，这究竟是谁的责任？在山窗上读到这样一纸奏疏，令诗人百感交集！

宋末的爱国诗人还有不少。他们的诗文，像是在宋代文学乐章的末尾敲响一记洪亮的钟声，那袅袅不绝的余音，一直传播到今天！

金朝诗人元好问

说到南宋灭亡的话题，沛沛不由得想到北方的金国。他问爷爷："历史书上说，金国也是被蒙古人灭掉的。金国有没有出色的文学家呢？"

爷爷说："问得好。金国虽然是女真人建立的国家，文学上却努力向汉人学习。最有名的女真诗人元好问，就有着极高的汉文化修养。

"跟南宋对峙的金国，是先于南宋被蒙古大军灭掉的，那是由女真人建立的国家。金人在文学上努力向汉人学习，也出了好几位文学家，其中最有名的是元好问。

元好问

"元好问（1190—1257）字裕之，出身于女真士大夫家庭。他八岁就会作诗，后来成了金代诗坛上最杰出的诗人。他同样热爱自己的国家和百姓，幻想着有朝一日天下太平了，老百姓能过上'早晚林间见鸡犬，一犁春雨麦青青'的安稳日子。可是他却偏偏赶上了国破家亡的坏年月。

"由于北方蒙古人的兴起，金国受到极大威胁。没等灭掉南宋，它自己倒先被蒙古灭掉了。元好问亲眼看到人民被蒙古兵蹂躏和洗劫，难过极了。他写了不少'丧乱诗'，记录国破家亡时的所见所感，像这一首：

道旁僵卧满累囚，过去旃（zhān）车似水流。

红粉哭随回鹘（hú）马，为谁一步一回头？

（《北渡》其一）

这是多么凄惨的场面：满地躺着被蒙古人俘虏的人；那位被蒙古兵抢走的年轻妇女一步一回头地哭望，她是舍不得爹娘，还是丢不下孩子？

"元好问的丧乱诗真挚凄切，感染力很强，在杜甫之后是少见的。清代人评论元好问的诗，说是'国家不幸诗家幸，赋到沧桑句便工'。意思是说：国家的丧亡为诗人提供了吟咏的内容，那些以社会变乱为题材的诗歌是最容易打动人的。

"元好问在金亡后还搜集编辑了金代诗歌总集《中州集》，用这来表达自己对祖国的热爱与怀念。"

沛沛忽然又想起什么，问爷爷："您刚才讲到'四灵'和叶绍翁的小诗，我也想起一首类似的，是什么'沾衣欲湿……'"

元好问的家乡忻州古城门

爷爷说："嗯，确实有这么一首，作者是个南宋和尚，法号志南，他比'四灵'要早一些，但风格真的很像：

古木阴中系短篷，杖藜扶我过桥东。

沾衣欲湿杏花雨，吹面不寒杨柳风。

这位老和尚在树荫下拴好带篷的小船，拄着藜杖走过小桥。这是春天里最好的日子，杏花如雨，柳风拂面……诗中不说'我拄藜杖'，偏说'杖藜扶我'。而'沾衣欲湿'的'欲'字，也是用绝了！"

沛沛想到的正是这首，听着爷爷的讲解，沛沛好像也进入诗中境界……

「说话」与戏曲,
瓦舍起笙歌

《六一》《沧浪》，诗话开山

"宋金文坛的情况，大致说过了。这一阶段的文学理论又有什么进展？老百姓喜闻乐见的通俗文学，包括小说和戏曲，又怎么样？咱们今天笼统做一点儿介绍。"爷爷一开篇，先拟定了今天的话题。

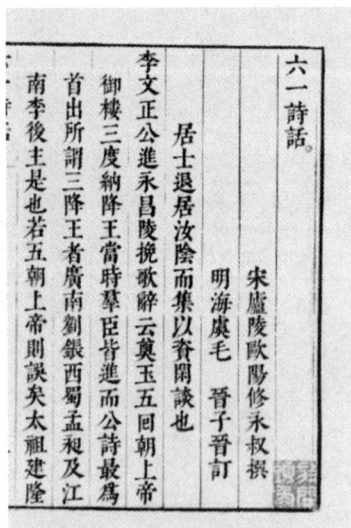

欧阳修《六一诗话》书影

"先来看看宋代出现的一种新的诗歌批评形式——诗话吧。诗话就是诗评，不过它都是那么一小段一小段的，像是作者读书时随手记下的心得感想。内容很随便，有的是记录诗人的创作逸闻，有的是考订或点评名篇佳句。后来渐渐有了发展，不但理论性加强，而且越来越系统。

"最早的诗话作品是欧阳修的《六一诗话》——欧阳修

晚年号'六一居士'，他自己解释说：家中有一万卷藏书，一千卷金石遗文，一张琴，一局棋，一壶酒，再加上自己一个老翁，总共是六个'一'，所以叫'六一'。在诗话中，作者提出，写诗要闲、远、古、淡，并拿梅尧臣说的'状难写之景如在目前，含不尽之意见于言外'当作论诗的准则。

《六一诗话》算是给诗话这种形式开了个头儿。后来司马光又写了《续诗话》。南宋的张戒、姜夔和严羽又分别写了《岁寒堂诗话》《白石道人诗说》和《沧浪诗话》，都是诗话里的名作。

"严羽自号沧浪逋客，诗话因以'沧浪'命名。《沧浪诗话》分为'诗辩''诗体''诗法''诗评''考证'五部分。严羽使用和尚的套语来评诗，这叫'以禅喻诗'。他不满意苏轼、黄庭坚以来的诗风，认为他们只是'以文字为诗，以才学为诗，以议论为诗'。他提倡以汉魏、盛唐为师，说诗的最高境界应当是'言有尽而意无穷'，是'羚羊挂角，无迹可求'——佛家有个比喻说：羚羊休息时，以角挂树，身体悬空，地上不留痕迹。拿这个来比喻诗的境界，真是玄妙得很。

"严羽的诗论影响很大，后来的性灵派、神韵派，就全是引申和发挥了他的观点。——欧阳修开创了诗话的形式，严羽却使它达到了高峰。"

瓦舍盛行"说话"艺术

说罢诗话，再来看看宋代的小说和戏曲，这些都属于通俗文学范畴，是底层百姓喜闻乐见的。——还记得前几天讲到的敦煌藏经洞吗？洞中的宝藏中，就包括变文和话本。

什么叫变文呢？——唐代佛教盛行，和尚经常聚众讲经，宣扬佛法，称作"俗讲"。为了招徕听众，俗讲僧总是把经义讲得既通俗又生动，还穿插不少历史故事、民间传说。俗讲的讲稿就叫"变文"。保存至今的变文有《大目乾连冥间救母变文》《汉将王陵变文》等。

变文还影响到民间的"说话"——所谓"说话"，特指宋元时一种艺术表演形式，有点儿像今天的说评书。"话"在这里就是故事。

这种形式，其实在唐代已经出现，那时叫"市人小说"。到了宋元，形制愈发成熟：往往由一人表演，连说带唱——用白话口语讲故事，穿插的诗词韵语是要伴乐歌唱的。而这种种形式，还是从佛经俗讲学来的呢。

说话的文字底本，就叫"话本"。敦煌写本中就保留了不止一部话本，如《庐山远公话》《韩擒虎话本》《唐太宗入冥记》等。

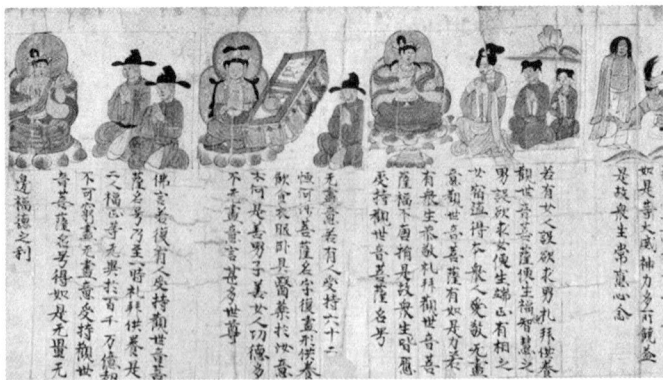

带彩绘的敦煌藏经洞变文（局部）

唐传奇是用文言撰写的，变文和话本则开启了用白话叙述的先河。——白话文学闯入文言垄断的文学殿堂，这个转变可不能小看！

宋元是说话的黄金时代。那时随着商业的发展，城市大大繁荣起来。宋代的汴京（今开封）、临安（今杭州），元代的大都（今北京），都是店铺林立、车水马龙。市民百姓以及胥吏军卒饭后闲暇时总要找点儿乐子打发光阴，而说话、戏曲等大众艺术形式，也因此获得发展的机会。

当时的大城市里，建有专门的游乐场所，叫"瓦舍"。瓦舍中有许多"勾栏"，相当于今天的剧院。勾栏有大有小，大的可以容下上千看客。说话以及戏曲、曲艺、杂技等表演，便都在瓦舍勾栏中进行。

说话又分为"小说""讲史""说经"等不同门类。其中数"小说"题材最广：有写男女爱情的，有说公案故事的，有讲英雄好汉的，还有金戈铁马、神仙魔怪等内容，很受大众欢迎。——故事用白话演说，中间穿插着词曲，须用乐器伴奏演唱，这种连说带唱的形式，又叫"说唱文学"。

"讲史"是说话的重要门类。讲史艺人各抱一书，专讲某朝故事："三国"啊，"五代"啊……由于内容繁多，常要讲上一年半载，这又为长篇小说的体制形成打下了基础。

"说经"则是讲佛经故事，这一类题材受俗讲的影响最大。宋代末年有一部《大唐三藏取经诗话》，便是说经的代表作。那是小说《西游记》的先声。

说话艺人并非信口开河，他们怀里往往揣着手写的底本——

话本。话本大多是师徒相传，记录着简略的故事提纲，表演时还要临场发挥，丰富细节。以后书商把话本润色加工，拿来刻印，也就成了最早的话本小说啦。

一篇话本小说一般由篇首、入话、头回、正话、篇尾等几个部分构成。白话叙述穿插着韵文，保留了说话的特点。

流传至今的早期话本文本有几十种，可是分清哪些是宋代的，哪些是元代的，却是个难题。因此人们多半把早期作品笼统称为"宋元话本"。这些作品差不多都收在话本小说集《清平山堂话本》以及冯梦龙的"三言"里。

秀秀与胜仙：敢爱敢恨的小女子

在宋元话本小说里，市井小民往往成了主角。本来嘛，"说话"的听众都是市民，讲他们自己的故事，当然受欢迎。市民故事里有不少跟爱情有关。像《碾玉观音》，说的是南宋咸安郡王从民间抢了个绣花女做养娘，取名秀秀。郡王府里还有个巧手的玉石匠叫崔宁，他因雕刻了一个羊脂玉观音，受到郡王另眼看待。

一次，郡王府中失火，崔宁跑来救火，恰好撞见秀秀。两人趁乱逃出郡王府，从此远走高飞，在潭州落下脚，开了一个雕玉作坊，做了恩爱夫妻。

一年以后，郡王手下有个排军叫郭立的，偶然探知崔宁行踪，回来向郡王告密。残暴的郡王立即差人把崔宁夫妇捉回临安，男的发配建康府，女的关进后花园。就在崔宁被押解发配的途中，一乘小轿追上了他，轿中下来的，正是秀秀。她自诉是被打了三十竹篦，赶出府来的。

后因皇帝要修理玉观音，崔宁被允许回临安居住。夫妇俩在临安重操旧业，又开了个碾玉铺。不想这一回又撞见郭排军，排军见了秀秀，不禁大吃一惊！——原来当年秀秀已被郡王打死，尸体就埋在后花园里。眼前这个秀秀，竟是个鬼魂！

郭排军再次带人来捉秀秀，秀秀使出手段，让他受到应有的惩罚，而崔宁也随秀秀一同死去。

小说里的秀秀是个平民出身的姑娘。她很有主见，为了追求幸福，不顾郡王的权威，敢于冲破礼教。就是变成鬼魂，也还是要找崔宁做夫妻。这样的妇女形象，在以前的文学作品里还从没出现过！——这篇话本收在《警世通言》里，题目改为《崔待诏生死冤家》。

《闹樊楼多情周胜仙》里的周胜仙，是个跟秀秀性格相近的姑娘。她是个大商人的女儿，爱上家中开酒楼的范二郎，为他死过两次。做了鬼，还要请上三天假，把范二郎救出牢狱。

小说中写两人初次交往的过程，十分有趣儿。周胜仙在茶坊里遇到范二郎，心生爱慕。可一个姑娘家，又怎么能主动跟陌生男子搭话呢？她灵机一动，向门外的卖水人买了一碗甜蜜蜜的糖水，然后借口水中有草叶，把碗一丢，对卖水人说："好好！你却来暗算我！你道我是兀谁？……我是曹门里周大郎的女儿，我的小名叫作胜仙小娘子，年一十八岁，不曾吃人暗算。你今却来算我？我是不曾嫁的女孩儿！"其实这话是说给范二郎听的。

范二郎也是聪明人，照样买了一碗糖水，把碗一丢，说道：

"好好！你这个人真个要暗算人！你道我是兀谁？我哥哥是樊楼开酒店的，唤作范大郎，我便唤作范二郎，年登一十九岁，未曾吃人暗算。我射得好弩，打得好弹，兼我不曾娶浑家！"就这样，一对年轻男女不用媒妁，自我表白，开始了一段传奇姻缘。而胜仙姑娘的泼辣机敏，在这一番言来语去之中，已是显露无遗啦。

公案故事与讲史平话

公案故事是宋元话本小说里的重要题材。最有名的是那篇《错斩崔宁》——又作《十五贯戏言成巧祸》。小说中的男主人公也叫崔宁，本是个老实的农村后生。因进城卖丝，在归途中跟一个单身妇女搭伴而行。不料后边有人赶来，硬说两人合谋杀人抢钱，并把两人扭送官府。

原来，这位妇女叫陈二姐，是临安刘官人的妾。这天刘官人从岳父家借了十五贯钱，回家后乘醉跟二姐开玩笑，说这钱是二姐的卖身钱。二姐心中害怕，背着刘官人跑回娘家，半路跟崔宁搭伴，不想祸从天降。

刘官人那天夜里确实被人杀害了，十五贯钱全被抢走。说来也巧，崔宁卖丝得来的钱，刚好也是十五贯！就这样，崔宁和陈二姐被判了死刑。

崔、陈死后，几经周折，案情终于大白，真凶得到了惩处，可冤死者却再也不能复生了！封建官吏糊涂昏聩，把人命当儿戏，小说对此表示了极大愤慨！——后来有人把这个故事编成戏曲《十五贯》，至今还在舞台上演出。

同是公案题材,《宋四公大闹禁魂张》又别具一格。它写了一群技艺超群的小贼,专门对付为富不仁的财主和达官贵人、官府走狗。这应是《三侠五义》一类侠义公案小说的先声吧?

以上所说,大都属于"小说"一类。至于宋元"讲史"平话,流传至今的也有一些。较早的有《新编五代史平话》和《大宋宣和遗事》,前者叙述梁唐晋汉周五代的历史,全书大体依据史书写成,文学价值并不很高。《大宋宣和遗事》呢,是一部北宋的兴衰史,写得很简略,结构也松散,又有文白夹杂的毛病。可书中描述宋江起义的那部分,却特别引人注目。

此外,元代还有一批"讲史"平话,如《武王伐纣书》《三国志平话》等,后面讲元代文学时,我们还要说到。

早期戏曲,歌舞滑稽

说罢小说,再来谈谈戏曲。戏曲的产生可早啦。它的前身大约是歌舞。在原始社会,先民们打猎、采果,有了收获,就围着火堆又唱又跳的。后来歌舞里有了情节、分了角色,那就是最早的戏曲雏形。

关于戏曲的起源,还有许多不同的猜测。有人认为,它的产生跟古代祭神、祭祖活动有关。也有人认为春秋时出现的一种职业——俳(pái)优,应该是戏曲演员的老祖宗。这些人能歌善舞,又专会逗笑,给贵人找乐子。

到了西汉,百戏盛行,那是乐舞杂技表演的总称,又称"角抵戏",内容十分丰富,包括各种杂技幻术,像扛鼎、吞刀、吐火、爬杆，还有摔跤等。演员有的扮成人物，有的扮作动物。

有一出百戏叫《东海黄公》，演东海人黄公年少时能吞云吐雾、降蛇伏虎，后来法术失灵反为虎伤。这是文献记载中最早的一出有情节的歌舞表演了。

南北朝时，又有了拨头、代面、踏谣娘等表演形式。拨头是一种西域少数民族乐舞；代面就是假面，演员出场是要戴面具的；踏谣娘里已经有了男扮女装以及一人唱众人和等表演形式。

时至唐、宋，又盛行参军戏。参军戏只有两个演员，一个叫参军，一个叫苍鹘，两人说笑打闹，有时也讽刺时政，滑稽诙谐中隐藏着严肃的内容。

有这么个例子。南宋时，有一回皇帝赐宴给奸臣秦桧，还派了优伶在席前作戏。优伶甲搬了一把太师椅伺候优伶乙。乙刚要落座，不小心碰落头巾，露出脑后佩戴的双环头饰来。甲问：这是什么东西？乙回答：是二胜环。——"二胜"又叫"双胜"，是将两个环形或菱形连在一起的图案。甲听了这话，勃然大怒，边打边骂：你只知坐太师椅、领皇帝的赏赐，你把"二圣还"掉在脑后怎么行？

原来这时徽宗、钦宗两位"圣人"被金人掠走，没有放还。甲角便利用"二胜环"的谐音，抨击秦桧只知在太师的位置上作威作福，却把二帝归来的大事（"二圣还"）丢在了脑后！秦桧听出话外之音，大怒之下，把优伶们下了大狱，有的就死在狱里。

宋代还出现了杂剧，有人说是从参军戏演变来的，只不过演员由两人增加到四五人。演出时，一般有两段正剧，前面加上个帽子，叫"艳段"，后面添个尾巴，叫"杂扮"。——后来的元杂剧一本分为四折，大概就从这里演变来的。只可惜宋杂剧的剧本，一个也没传下来。

另有人提出，我国戏曲的产生，还可能受印度梵剧的影响。公元四五世纪时，印度已经有了成熟的戏剧表演形式，称"梵剧"。中国杂剧的种种形式，如男女同台演出、故事分幕叙说、唱念结合、词分雅俗等，都跟梵剧一致。

此外，宋代南方永嘉（温州）一带还兴起一种新的戏曲形式，叫南戏。这个咱们留待以后再谈。

金代诸宫调《董西厢》

"金代有没有戏曲呢？"沛沛问。

"当然有。金代的戏曲叫作'院本'，其实跟宋杂剧没什么不同，只是名称不一样罢了。有位文人在他的笔记里记录了七百多种院本名目，可见院本在当时兴盛的情形。

"此外还有一种曲艺样式叫'诸宫调'，流传至今的诸宫调作品只有两三种，其中最完整也最出色的，是董解元的《西厢记诸宫调》。——后来元代人王实甫又作了一部《西厢记》杂剧。为了区别，人们把董解元这部称作《董西厢》。

"董解元是金代人，他的生平已经没法子知道了。解元不是人名，是当时对读书人的一种尊称。《董西厢》是根据唐代元稹的传奇《莺莺传》改编的。《莺莺传》里的张生对莺莺'始乱终弃'，是个薄情自私的家伙。《董西厢》则改成张生跟莺莺一块儿反抗礼教，追求幸福，最后终于获得美满结局。这当然是个很大

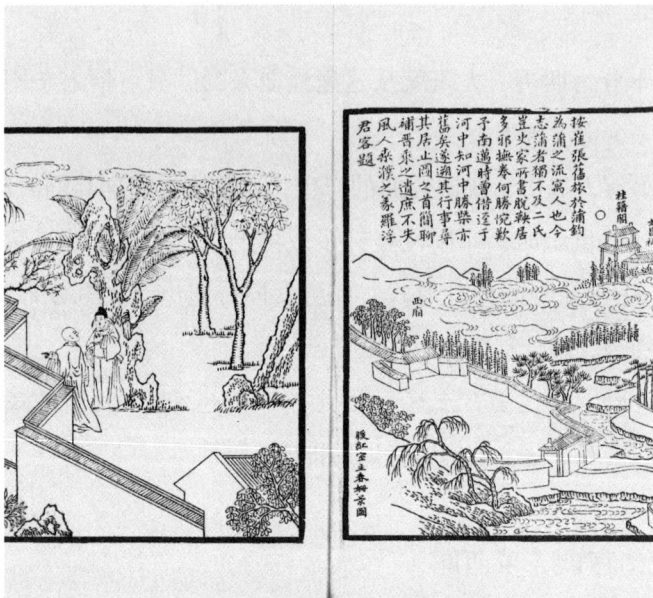

《董西厢》插图

的进步。

　　"《莺莺传》不到三千字，《董西厢》却发展为五万字的长篇，里面的人物也都个性鲜明，文字更是格外好，把古典诗词跟民间口语很优美地融合在一块儿，读着是一种享受。明人评论说，金代的文学只有一部《董西厢》。这话虽然有点儿夸张，却不是没有道理的。"

　　"这种艺术形式为什么叫'诸宫调'呢？"沛沛拿出刨根问底的劲儿来。

　　"这个嘛，先得解释一下'宫调'。西洋音乐有许多调式：A调呀，B调呀，降B调呀，等等。中国古典音乐同样有调式，名称则是正宫、中吕宫、大石调等等。这些调式就叫宫调，总共有好几十种。

"'诸宫调'有点儿像今天的大鼓书，由一个人表演，以唱曲的形式来讲故事，偶尔也穿插几句说白。一般来说，一套曲子使用一种宫调。可是演唱长篇故事，需要连续唱好几套曲子。每套的宫调不同，于是就有了'诸宫调'这种形式。——以后要说到元杂剧，剧中的音乐，就采用'诸宫调'的形式。

"诸宫调是用琵琶等弦索乐器伴奏，故又叫'挡（chōu）弹曲'。你若看到《弦索西厢》或《西厢挡弹词》等名称，应当知道，那指的就是《董西厢》。"

第 36 天

元杂剧的兴盛

一代文学"元之曲"

刚下完一场雨，大槐树下凉风习习，连蝉声也显得清爽。沛沛见爷爷端起茶杯，心里合计：宋代文学讲过去了，今儿个该轮到元代文学了吧？

果不其然，爷爷张口就说："元朝的前身是蒙古帝国，开国首领是成吉思汗，名叫铁木真。公元十二三世纪时，蒙古的经济、文化还很落后，生产、生活都离不开放牧。可他们的军事力量却是第一流的，成吉思汗的蒙古骑兵就像是一股强劲的旋风，从黄海岸边，一直刮到多瑙河畔。

"在咱们中国的传统疆域里，他先后灭掉西域各国、北方的金国及云南大理政权，吐蕃也向他俯首称臣，最后，南宋政权也没逃掉覆灭的命运。延续百多年的分裂格局，终于在蒙古人手里重新统一。——当时的皇帝是成吉思汗的孙子、元世祖忽必烈，首都就建在今天的北京，那会儿称大都。

"国家的统一促进了经济的恢复和发展，文学也因社会的巨大变动产生了变异。一种新的艺术形式——元曲，迅速发展完善，成了元代文学的主流。

"中国文学有这么个特点：每一时代都有值得骄傲的文学成就。近代著名的学者王国维曾说：'凡一代有一代之文学：楚之骚，汉之赋，六代之骈语，唐之诗，宋之词，元之曲，皆所谓一代之文学，而后世莫能继焉者也。'元代文学以曲著称，这是大家公认的。

"元曲的发展，经历了由盛而衰的过程。元代前期，作家人才辈出，作品也争奇斗妍。光是著名的大作家，就有关汉卿、王实甫、白朴、马致远、纪君祥、康进之、高文秀、杨显之等一大群。后期就差多了，作家、作品虽然也不少，可提得起来的，却只有郑光祖、宫天挺等少数几位。

"对了，有个'元曲四大家'的说法，你也许听说过。哪四家呢？是关汉卿、马致远、郑光祖和白朴。不过也有把白朴换成王实甫的。有人就干脆说成五大家。

"其实说到底，元杂剧里最突出的，应当是一位大家和一部巨著。那位大家就是关汉卿；那部巨著呢，是王实甫的《西厢记》。——关于这，咱们以后都要慢慢谈到。今天只说说元杂剧的大致情况。"

元杂剧：把大千世界搬上舞台

我们常提"元曲"，元曲到底指什么？原来，元曲分为散曲、杂剧两种形式。散曲又包括小令和套数两种形式。小令就是单支的曲子，又叫"叶儿"；套数则是成套的曲子。不管小令还是套数，它们都属于诗歌；杂剧呢，却是戏剧。拿散曲跟杂剧比，那关系就像诗跟诗剧一样。

在元代，演戏是个下贱的行当，编剧本的同样让人看不起。那些杂剧作家们大都是有学问有才华的文人，他们干吗非要编剧本不可呢？原来，元代统治者压根儿不重视文化，科举考试中止了七八十年，断绝了文人读书做官儿的路。文人地位像是坐过山车，一落千丈。当时就流传着"七猎八娼九儒十丐"的说法，儒生的地位沦为老九，连娼妓都不如，比要饭的强不了多少！

文人没有别的谋生手段，只好到下层社会里混一混。一些文人就跟民间艺人相结合，拿起那支使惯了的笔杆，替艺人们写剧本。这些文人深深体验了民间的疾苦，便把自己的感慨牢骚一股脑儿倾倒在作品里，这使元杂剧的思想性、艺术性都得到了提高。

元杂剧的内容又是怎样的呢？过去有人把杂剧分成几大类。有一类叫"君臣杂剧"，专演帝王将相的故事。又有一类叫"脱膊杂剧"，那是些武戏，大概演出时演员要脱光膀子格斗，所以叫"脱膊"。还有一类"闺怨杂剧"，专演爱情故事。此外，还有"绿林杂剧""神佛杂剧"什么的。

从这儿可以看出，元杂剧反映的社会面够广阔，从朝廷中君臣政治的得失，到市井父子、兄弟、夫妇、朋友间的恩恩怨怨，都有反映。行医的、卖药的、算卦的、手艺匠，甚至和尚、老道，也都在杂剧中露面。那些从来上不了文学台盘的下层百姓们，成了不少杂剧的主人公，这还是文学史上头一遭呢！

《陈州粜米》：清官包公的故事

元代是个黑暗时代，民族压迫特别深重。法律对蒙古贵族很宽松，对老百姓——尤其是汉族百姓，却特别严厉。汉人不准舞枪弄棒、打猎集会，甚至不准养狗喂鸟。

在这么黑暗的统治底下，老百姓受了委屈，没处申诉，便希望在戏曲里寻找安慰。于是杂剧中出现了不少清官公案戏。最有名的是一系列的包公戏。像关汉卿的《鲁斋郎》、李潜夫的《灰阑记》、无名氏的《陈州粜米》，就都属于这一类。

《陈州粜米》演的是包公惩办贪官的故事。陈州大旱三年，颗粒无收。朝廷派了刘得中、杨金吾到陈州开仓粜米，救济灾民。不想这两人乘机抬高粮价，弄虚作假，盘剥百姓。有个老汉张别古跟他们讲理，反被他们用钦赐的紫金锤打死。

张别古的儿子小别古到东京找包公告状，包公亲自来到陈州微服私访，查明刘、杨二人的罪恶，便把杨金吾杀掉，又让小别古亲手打死刘得中，替爹爹报了仇。

刘得中的老爹刘衙内是朝中大官，他向朝廷请了圣旨，急急赶来救儿子，可他来晚了。包公巧妙利用圣旨上"赦活的、不赦死的"的话，把打死

包拯是元代清官戏里的主角

刘得中的小别古赦免了。刘得中呢，死得活该！

作品借着张别古之口，骂贪官"都是些吃仓廒的鼠耗，咂脓血的苍蝇"。又说："柔软莫过溪涧水，到了不平地上也高声！"当年张别古在勾栏中这么高声一唱，一定能引起人们的喝彩和共鸣。包公的形象，就是在元杂剧里树立起来的！

元杂剧中还有不少历史题材的故事以及水浒戏。前一种有白朴的《梧桐雨》、马致远的《汉宫秋》、纪君祥的《赵氏孤儿》等等，水浒戏最有名的则是康进之的《李逵负荆》和高文秀的《双献头》。

元杂剧里孕育着"小说名著"

说起"四大名著"，几乎无人不晓，那是指《三国演义》《水浒传》《西游记》和《红楼梦》四部章回小说。我们后面讲明清文学时，还要重点介绍。这里要说的是，前三部名著所讲述的故事，元代人并不陌生——因为早就在杂剧舞台上火爆上演哩！

尤其是"三国戏"，是元杂剧中一个重要门类，什么《桃园三结义》《三战吕布》《戏貂蝉》《三让徐州》《千里独行》《襄阳会》《谒鲁肃》《赤壁鏖兵》《隔江斗智》《单刀会》《西蜀梦》《五丈原》……有四五十出哩，三国故事的重要情节，差不多全都具备了。

"水浒戏"也有十来种，如《黑旋风双献头》《李逵负荆》《燕青博鱼》《还牢末》等。其中康进之的《李逵负荆》写得最好。

梁山好汉李逵下山游玩，碰见开酒店的老王林正在伤心呢。

原来，他的女儿满堂娇被梁山头领宋江和鲁智深抢走了。

李逵闻听大怒，他闯上聚义堂，砍了杏黄旗，当面质问宋江。宋、鲁二人当然不承认，两人便跟李逵一同下山找王林对质。结果真相大白：是有人冒名顶替，抢了人，还坏了梁山好汉的名声。李逵错怪了兄长，心中羞愧，背了一根荆条求宋

《燕青博鱼》插图

江宽恕。最后李逵再次下山，抓住冒名顶替的贼汉——宋刚和鲁智恩，将功折罪，王林父女也重新团聚。

元代人民受尽压榨，总巴望着有人来替他们出气、做主。李逵这个见义勇为、疾恶如仇的江湖好汉，正是他们心中期待的英雄。李逵的形象十分可爱，他满怀正气，豪放鲁莽，有了错误又勇于改正。这个负荆请罪的故事，后来被编进小说《水浒传》里。

元杂剧里演说玄奘取经故事的"取经戏"也不止一本，要数元末明初杨景贤的《西游记》杂剧规模最大，共六本二十四折，是元明杂剧中篇幅最长的。

剧中的孙行者最有意思。他一出场就自报家门，说家中有弟

兄姊妹五个：大姐骊山老母，二妹巫枝祇圣母，大哥齐天大圣，他自己是通天大圣，三弟是耍耍三郎——原来"齐天大圣"的帽子最早不是他的。

行者在杂剧中还有个妻子呢，那本是金鼎国王的女儿，被他抢来做了夫人。他又去天上玉皇殿偷饮琼浆，还盗了太上老君的金丹，并在九转炉中炼成铜筋铁骨、火眼金睛。为了哄妻子高兴，他又偷了王母娘娘的仙桃百颗、仙衣一套，回来为妻子做"庆仙衣会"。——这行径，是不是有点儿像西天路上的那些妖精？

李天王率天兵讨伐猴子，观音也来助阵。最终猴子被压在花果山下，直到唐僧取经路过，才将他救起，收为徒弟。以后唐僧又收了猪八戒和沙和尚，一路上战胜红孩儿、鬼子母，经历女人国、火焰山，历尽艰辛，终于到达佛国，取得真经。唐僧将佛经送回长安，仍回西天。一行四人，都成了"正果"。

《西游记》杂剧的结构有点儿"头重脚轻"，六本戏中，唐僧身世占了两本，收徒弟又占了两本。取经过程只剩了两本，所遇磨难也不过四五处。——不过整个取经故事的框架已经搭建起来，吴承恩作小说《西游记》，肯定也参考了这部杂剧。

《赵氏孤儿》《灰阑记》，名扬四海两出戏

纪君祥的杂剧《赵氏孤儿》，是一部悲壮动人的历史剧，讲述的是春秋时的一件大冤案。那是晋灵公在位的时候，奸臣屠岸贾当政，把忠臣赵盾一家三百口统统杀光，只剩下赵盾的儿媳，因为她是国君的女儿，现在正怀着个小生命呢！屠岸贾把她囚禁

起来，准备孩子一落生，就来个斩草除根。

有个草泽医生程婴，冒着杀头的危险，混进府里，把刚刚出生的孤儿救出。凶狠的屠岸贾得知婴儿失踪，竟下令：三日内找不到孤儿，便将全国的初生婴儿统统杀掉。程婴自己本来也有个刚降生的婴孩儿，他便跟一位叫公孙杵臼的老先生商议，决定来个调包记：程婴先把自己的亲生儿子送到公孙家，再向屠岸贾"告密"，说是公孙杵臼私藏赵氏孤儿。结果，程婴失去了亲骨肉，公孙杵臼献出了生命。赵氏孤儿得救了，他成了程婴的儿子，还当了屠岸贾的义子，一点儿没引起屠岸贾的怀疑。

一晃二十年过去了，孤儿长大成人。程婴寻机向他透露了真相。孤儿恍然大悟，立志报仇。后来晋悼公继位，孤儿终于在大臣魏绛的帮助下，杀死屠岸贾，为赵家报了冤仇。

《赵氏孤儿》的情节曲折复杂，戏剧冲突惊心动魄，里面的人物也都形象感人。——早在18世纪，这个戏就被介绍到国外，翻译成英、俄、德、法等文字。法国大作家伏尔泰还把它改编成舞台剧《中国孤儿》，受到法国观众的欢迎。

另有一本《灰阑记》，也是"墙里开花墙外香"。

《赵氏孤儿》被改编成舞剧在舞台上演

剧作者李潜夫（生卒年不详）是绛州（今山西新绛）人，他的作品，只留下这本《灰阑记》。

有个好人家女儿叫张海棠，因生活所迫，沦落为妓女，被财主马员外纳为妾，还为马员外生下个男孩儿。

马员外的"大妇"跟赵令史有私情，两人合谋毒死了马员外，反赖在张海棠身上，将她赶出马家，并抢走了她的儿子。海棠告到官府，赵令史又买通证人，颠倒黑白。官府严刑拷打，逼海棠违心认罪，儿子也被判给大妇。

案子移至开封府，包拯亲自审理。他用石灰在地上画了一道白圈（即"灰阑"），把小儿放在圈内，让海棠和大妇各牵小儿一只手，说谁能拉过去，小儿就归谁。结果小儿两次都被大妇拉过去。包拯当场做出裁决，没判给大妇，反而判给海棠。包公的理由是：对小儿毫无怜爱之心的，肯定不是生母！最终大妇和赵令史都被处死，张海棠继承了马员外的家产，带着儿子安稳度日。

有意思的是，这个两女争儿的故事，并非中国独有。《圣经·旧约》中就记载说：两个妓女共争一个小儿，来找所罗门王评理。所罗门王说：这个好办，把孩子劈成两半，一人一半不就行了吗？一个当即表示赞成，另一个却说：我认输，把孩子给她吧，千万别杀掉！——所罗门王于是把孩子判给认输的这位：因为亲娘断不会看着孩子死在眼前！

北魏时期佛教《贤愚经》中也有类似故事：一位国王在判案时，同样让两女子拉扯一个孩子，据此做出判断。学者认为，李潜夫《灰阑记》的素材，就应来自《贤愚经》。

不过《灰阑记》在国外的名声，远比在中国大。此剧被翻译成英文，收入英国人编选的《世界戏剧》一书。有位德国戏剧家布莱希特，写过剧本《高加索灰阑记》，讲述苏联两个集体农庄为争一块土地发生了纠纷。为了排解纠纷，调解人讲述了一个"中国灰阑记"的故事。——李潜夫的《灰阑记》也因此驰名欧洲。

带你去剧场看杂剧

沛沛感叹说："没想到元杂剧里有这么多有趣的故事。您没讲到的一定还很多吧？而且我挺想知道，杂剧是怎么演出的呢？"

爷爷说："元杂剧的剧目可多啦，我们知道的作家就有二百多位，能从古文献里查到的剧本名目足有七百多种。可惜留存至今的剧本只剩二百多种，大多收在明人臧晋叔编的《元曲选》里。此书又名《元人百种》，《红楼梦》中宝钗还提过这书呢。另外，当代学者又搜集了六十二种，编为《元曲选外编》。

"至于杂剧的演出，那是在勾栏里进行的。杂剧的规矩很严格，一本戏只有四场，每场叫作一折。有的还在前头或中间加上个'楔（xiē）子'，起序幕或过渡的作用。'四折一楔'也就成了元杂剧的定式。每一折又由十几支同一官调的曲子组成。也可以说，一折就是一个套数。

"杂剧中的角色分末、旦、净、杂四种。其中末、旦是主要角色。末一般扮演中年男子；旦呢，扮演女性人物。一本杂剧一般只由末或旦主唱，别的角色只跟着应答而已。

元代仿戏台透雕瓷枕，里面正演《白蛇传》

"除了唱以外，杂剧中还有科、白。'科'是指剧中的动作、表情提示，像'跪科''坐科''笑科'，就是告诉演员，在这里应当跪下、坐下或做出笑的样子。'白'是指道白。中国戏曲的道白历来有着诙谐幽默的传统，杂剧也不例外。再配上滑稽的表演，这就是人们常说的'插科打诨'啦。

"杂剧剧本的末尾，一般还有'题目''正名'。像关汉卿的《窦娥冤》，它的题目是'秉鉴持衡廉访法'，正名是'感天动地窦娥冤'。演出时，这两句便写在勾栏外花花绿绿的纸招子上。

"戏要开场了，勾栏的伙计手撑着门框，高喊着：请啊请啊，来晚了就没有座儿啦！这样精彩的演出难得一见啊！——元人杜仁杰有一套《庄家不识勾栏》套曲，把杂剧演出的情形描画得绘声绘色。曲子写得那么诙谐，你读一读，一定会笑破肚皮的！"

元曲大家关汉卿

《录鬼簿》：为"不死之鬼"立传

"研究元曲的人，没有不熟悉钟嗣成的。"爷爷上来便说，"这倒不是因为他写过什么出色的剧本，而是因为他撰写了一部跟元曲有关的专著——《录鬼簿》。

"怎么取这么一个书名呢？原来书中记载的，全是已故的戏曲作家。这些人大都地位低下，被封建士大夫看不起，生前死后，没人肯替他们树碑立传。要不是钟嗣成做了这么件好事，这些人的姓名事迹，恐怕早就湮没无闻了。

"钟嗣成自己就是位科场不得意的文人。相传他长得面貌丑陋，虽然'胸藏锦绣，口吐珠玑'，却得不到上司的赏识，心情很是郁闷。他有许多戏曲界的朋友，他们之间倒能相互同情和赏识。钟嗣成作《录鬼簿》，正是要为'门第卑微、职位不振'而又'高才博识'的杂剧作家们传名立传！

"钟嗣成在《录鬼簿》序言里表达了自己的看法。他说，世上有一种人，整天吃吃喝喝、醉生梦死的。他们虽然活着，却不过是'未死之鬼'。另一些人呢，对社会做出了贡献，即便已经死了，人们依然记着他，因此属于'不死之鬼'。——不用说，《录鬼簿》里记的，就都是这后一类人。

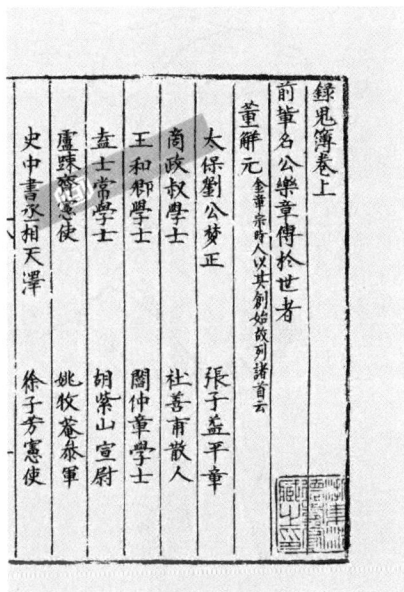

《录鬼簿》书影

《录鬼簿》共记载元曲作家一百五十二人，杂剧剧目四百多种。钟嗣成有着很高的艺术鉴别眼光，他把戏曲家关汉卿放到'前辈已死名公才人'的头一位；一来因为关汉卿出生早，二来因为他的杂剧成就最高。

"就让咱们来看看关汉卿这位元代最伟大的戏曲家吧！"

关汉卿：响当当一粒铜豌豆

关汉卿（约1220—约1300）号已斋叟，是由金入元的曲作家。相传他做过太医院尹，那是个不大的官。他一生主要生活在大都，晚年时大概到过扬州、杭州一带。关于他的生平，我们只知道这么一点儿。

从关汉卿的散曲里，我们还知道他是个性情豪宕、对封建礼教满不在乎的人。他才华横溢，不但会吟诗编剧，琴棋书画、

关汉卿（孙文然绘）

赌博踢球也无所不能。他写过一篇套曲《一枝花·不伏老》，自称"我是普天下郎君领袖，盖世界浪子班头"。"郎君""浪子"指的是一班吃喝玩闹、不务正业的人。关汉卿自称是他们的"领袖""班头"，简直像是故意向传统意识挑战似的！

在这套曲子里，他还自称"我是个蒸不烂、煮不熟、捶不扁、炒不爆、响当当一粒铜豌豆……"你看，他决心跟世俗观念作对，劲头儿还挺足呢！

不过关汉卿天天跟被人看不起的"倡优"们混在一起，却是真的。他要编写剧本，当然离不开演员的合作。当时有位挺有名的女演员叫珠帘秀的，就跟关汉卿来往密切。

关汉卿不但编写剧本，还是演出的组织者和导演者，甚至不时化了装，亲自登场做戏。总之，他是戏曲圈儿里的行家和领袖。

据《录鬼簿》记载，关汉卿写过五六十本杂剧，可保存至今的却只有十七八个，其中还有几个残缺不全。这些作品有的揭露黑暗的社会现实，包含着反抗的意识；有的则是爱情剧。另外还有历史题材的。不管哪方面内容，总是女性做主角的居多，十七八个里就占了十二个。

窦娥三誓证奇冤

关剧中最有代表性的，自然要数《窦娥冤》了。这是本公案戏，原是个老故事，早在《汉书》里就有记载。可关汉卿把它改编成剧本，又加入了现实的社会内容。

戏中说的是个可怜的女孩子叫窦娥，她三岁死了母亲，七岁时爹爹窦天章进京赶考，为了凑盘缠，把她卖给蔡婆婆家当童养媳。

十三年过去了，窦娥的丈夫已经死掉，婆婆待她还算不错。一老一少两个寡妇就这么相依为命，打发日子。

可是一件意外的事儿发生了。蔡婆婆一直靠放高利贷谋生。一次出门讨债，被欠了账的赛卢医骗到僻静处，眼看要遭毒手。碰巧张驴儿父子俩从这儿路过，吓跑了赛卢医。——谁知前门打跑了狗，后门又进了狼。张驴儿爷儿俩也不是好东西，他们见两个寡妇好欺负，就硬逼着蔡氏婆媳嫁给他们这两条光棍！

糊涂懦弱的蔡婆婆答应了张驴儿的老子，可窦娥是个刚强女子，坚决不肯依从张驴儿。张驴儿怀恨在心，就私下向赛卢医讨了服毒药，企图害死蔡婆婆，再霸占窦娥。

哪知毒药下到羊肚汤里，却被张驴儿的老子喝了。张老汉一命呜呼，张驴儿却反咬一口，硬说毒药是窦娥下的，逼窦娥跟自己成亲，否则就要告官。——窦娥还以为官府能主持公道呢，就跟张驴儿上了公堂。楚州太守桃杌（wù）是个昏官，他听信张驴儿一面之词，对窦娥严刑逼供。窦娥怕婆婆受牵连吃苦头，就违心招认了"罪行"，结果被判处斩刑。

《窦娥冤》插图

在刑场上，窦娥提出三桩誓愿：若我窦娥果真冤枉，一是人头落地时，一腔鲜血全都飞溅到挂在旗杆上的白练（白绸缎）上，没有一滴落地；二是三伏天下大雪，掩盖自己的尸体；三是楚州大旱三年。

窦娥的三桩誓愿，全都成了现实。三年后，窦娥的爹爹窦天章做了廉访使，来楚州视察。窦娥的魂魄夜入官衙，向爹爹诉冤。窦天章查明冤情，惩办了地痞张驴儿、昏官桃杌，赛卢医也没能逃脱罪责。窦娥的冤情，终于得到了昭雪。

敢向天地讨公道

《窦娥冤》直接反映了元代社会的黑暗。在民间，地痞横行，官府却又昏庸残暴，"衙门口朝南开，个中无个不冤哉"！百姓没处诉冤，只有呼天抢地，期待大自然显示灵异，代他们申诉冤屈，这真让人惊心动魄！

窦娥的形象展示着中国妇女的种种美德。她孝顺婆婆，在公堂上，为了不使婆婆遭拷打，宁可自己揽过罪名。在去刑场的路上，她怕婆婆见了伤心，又央求公人绕道而行。她是那么善良，那么富于牺牲精神。

可她不是弱者。舍己为人，这本身就是强者作风。她实在很刚强，敢于反抗地痞的欺侮，敢于上公堂辩理。蒙受冤屈后，又敢于指天斥地。上刑场时，她有这么一段唱：

〔滚绣球〕有日月朝暮悬，有鬼神掌著生死权。天地也只合把清浊分辨，可怎生错看了盗跖（zhí）颜渊：为善的受贫穷更命短，造恶的享富贵又寿延。天地也，做得个怕硬欺软，却原来也这般顺水推船。地也，你不分好歹何为地；天也，你错勘贤愚枉做天！哎，只落得两泪涟涟。

盗跖是春秋时有名的大盗，颜渊则是圣人孔夫子的高足，可如今强盗和圣贤颠倒了个，善良人受穷短命，恶人却富贵长寿，这个社会简直要不得了！

窦娥还具有很强的人格尊严。别人可以把她当草芥，她却决不肯自轻自贱。她蒙受冤屈，要天地为自己作证。结果，三伏飞雪替她挂孝，三年大旱为她鸣冤。窦娥的形象，也顶天立地，高大起来！

慈母仁心与清官妙计

关汉卿还特别善于描绘人物的内心活动，《蝴蝶梦》就是个好例子。

《蝴蝶梦》说的是王老汉夫妇有三个儿子，都喜欢读书。一次王老汉进城为儿子买文具，竟被横行霸道的皇亲葛彪打死了。三个儿子替父报仇，又打死了葛彪，结果全被抓到官府。

在公堂上，王婆婆乞求包公放掉王大、王二，只留王三抵罪。经勘问才知道：原来王大、王二是王老汉前妻所生，只有王三是王婆婆亲生自养。这位善良的后娘不忍心让前妻之子抵罪，只好横下心，让亲生儿去送死。包公深受感动，他想起刚才在官衙做的一个梦：三只小蝴蝶被粘在蛛网上，大蝴蝶救走了前两只，却剩下一只在那里。包公想到此，下令暂停审讯。

不久，王大、王二被释放，王三判了死刑。王婆婆来收尸，哭得好不伤心！奇怪，王三却突然活着站在她眼前。原来，是盗马贼赵顽驴做了替死鬼，王三呢，被包青天无罪释放了。戏在大团圆的气氛里结束。

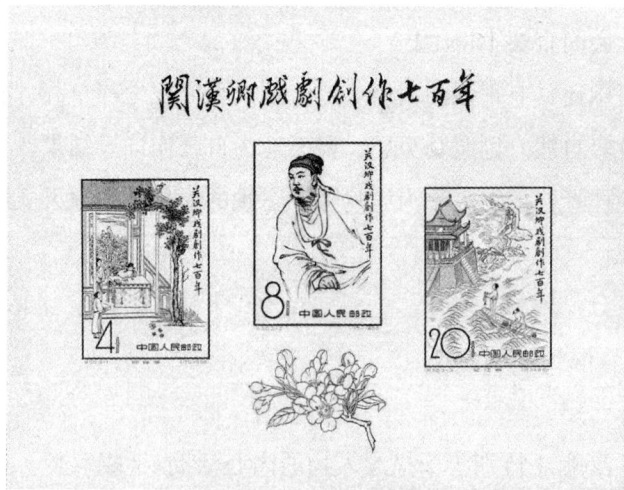

中国邮政为纪念关汉卿而印发的纪念邮票

剧中心理活动最复杂的，要数王婆婆了。她内心当然最心痛小儿子，可是理性却迫使她必须压制自己的情感。王大、王二被释放了，狱中只留下判了死刑的小儿子。她勉强招呼着："大哥、二哥，家去来，休烦恼者！"可同时却再也忍不住内心的悲痛，唱道："眼见的你两个得生天，单则你小兄弟丧黄泉！"（得生天：得了活命。黄泉：即阴间。）后来，她看见尸体，悲痛地叫道："教我扭回身，忍不住泪涟涟。"可听到王大、王二在哭，她又宽慰自己说："罢，罢，罢！但留的你两个呵，他便死也我甘心情愿。"——这颗慈母的心，经受了怎样的痛苦煎熬啊！

关汉卿的另一本包公戏叫《鲁斋郎》，写的也是清官替百姓做主、惩罚坏人的故事。

鲁斋郎是个花花太岁、皇亲国戚。到处抢男霸女，胡作非为，"动不动就挑人眼，剔人骨，剥人皮"。银匠李四和官吏张珪的妻子都被他抢了去，搞得两家妻离子散。

包公想惩处这个坏蛋，却又担心皇帝袒护他。于是想出一条妙计，在奏本上把犯人名字写成"鱼齐即"。待皇帝批准后，包公在名字上略添几笔，便成了"鲁斋郎"——在繁体汉字里，"斋（斋）"字是"齐（齐）"字加三画。

《救风尘》：风尘女斗败官二代

妓女和商人的形象也出现在关剧中，《救风尘》就写了这两种人。剧中的周舍是个兼做商人的官宦子弟。他品格低劣，玩弄女性，靠着花言巧语，把单纯善良的妓女宋引章骗到了手。宋引章一进周家门，周舍马上变了脸，先打五十杀威棒，又"朝打暮骂"地折磨她。

事情被宋引章的好朋友赵盼儿知道了——她也是个妓女，但机智泼辣，有着丰富的"江湖"经验。她准备了花红羊酒，到郑州去救宋引章。

赵盼儿假意对周舍说：我是特意带着嫁妆来嫁你的。周舍见她长得漂亮，心都醉了。赵盼儿乘机提出条件：得先写休书休了宋引章才行。——休书就是解除婚约的证书。周舍神魂颠倒地答应了。等休书一到手，赵盼儿便带着宋引章赶紧逃走。

周舍发现受骗，马上去追，官司一直打到官府。由于赵盼儿手里捏着休书，周舍的官司打败了。他被打了六十大板，还被剥夺了特权，"与民一体当差"。宋引章呢，嫁给了早已跟她订了婚的安秀才，结局美满。

赵盼儿是这出戏的主角。她有胆有识，是个强者。在以前的传奇、话本里，也有妓女形象，可都不如赵盼儿这么个性鲜明、聪明可爱。元代统治者生活荒淫，光是大都，就有妓女两万名。《救风尘》一类的杂剧，写出了妓女的痛苦，也表现了她们的反抗。

《救风尘》是一本笑中带泪的戏剧。剧中人物的道白，还保留着传统的诙谐风格。如周舍一开场就吩咐店小二，有好看的妓女住店，赶快通知他。店小二问：到哪里去找你呢？他说："你来粉房（妓院）里寻我。"又问："粉房里没有呵？"答："赌房里来寻。"再问："赌房里没有呵？"答："牢房里来寻。"——这位官少爷的下场，早已是板上钉钉了！

《望江亭》《拜月亭》：美女美在哪儿

关剧中还有一本《救风尘》，主角谭记儿是位年轻漂亮的上层女性。她死了丈夫，没事便到尼姑庵，跟老尼白姑姑做伴儿。一天，有个年轻官员白士中来庵中探视，他是白姑姑的侄子。一对年轻男女一见钟情，白姑姑又从中撮合，白士中与谭记儿结为夫妻，同到潭州去上任。

这事儿气坏了朝中权贵杨衙内。他是个花花公子，早就看上了谭记儿了。于是向皇帝妄奏白士中"贪花恋酒"，然后带着皇帝赐给的势剑、金牌，气势汹汹地赶来潭州，要杀人夺妻。

消息传来，白士中吓得手足无措。谭记儿却连眉头也没皱一下。她扮作渔妇模样，在中秋之夜到杨衙内途中歇脚的湖心亭上卖鱼。杨衙内看见这么个美丽的渔妇，早已心花怒放。谭记儿为他切鱼佐酒，把他灌醉，乘机偷了他的势剑、金牌和捕人公文。

第二天，杨衙内到州衙来捉人，却拿不出任何凭证，只掏出昨晚跟"渔妇"调笑时胡诌的一首歪词。最终，杨衙内被治了罪，谭记儿和白士中却安然无恙。

剧中的男子，杨衙内啊，张千、李稍啊，还有正面人物白士中，哪一个都比不上谭记儿。这位年轻妇女机智勇敢、从容镇定，丝毫没把来势汹汹的杨衙内看在眼里，她是关汉卿杂剧中最出色的妇女形象之一。

关剧中还有不少爱情戏，就说说《拜月亭》吧。

这是个充满巧合的故事。金国受蒙古人侵扰而迁都，百姓们纷纷逃难。王尚书出使在外，夫人跟女儿瑞兰也逃离府衙，却在逃难路上失散了。书生蒋世隆兄妹，刚好也在混乱中离散。说来凑巧，蒋世隆跟王瑞兰相遇，结伴而行；他的妹妹蒋瑞莲却被王尚书收为养女。

王尚书在客店里找到了女儿，他嫌蒋世隆是个穷书生，便不顾蒋正在生病，硬把女儿带走。后来蒋世隆中了文状元，他的结义兄弟中了武状元。王尚书便把女儿瑞兰许给武状元，把养女瑞莲许给文状元。等到众人相见，真相大白，两对来了个交换：王瑞兰与蒋世隆、蒋瑞莲与武状元分别成亲，戏剧以兵荒马乱开幕，却以皆大欢喜收场。

因瑞兰被父亲带回府中，曾在月下祈祷，因此剧名就叫《拜月亭》。剧中两条线索相互交错，演变出许多周折与巧合来。关汉卿擅长安排情节、编织故事。从《拜月亭》中，可以看出他那纯熟的文学技巧。而关汉卿笔下的女性个个美丽，——不仅是容貌美，更是个性美！

单刀赴会唱英雄

在关汉卿的历史剧里，最有代表性的是《单刀会》——剧中的主人公是三国时大名鼎鼎的关云长。他奉命镇守荆州，那里是吴蜀争夺的军事要地。

为了夺取荆州，东吴的鲁肃设计骗关羽过江赴宴。关羽明知有诈，却慨然允诺。这天，他手持一把单刀，只带着几十个人，驾舟过江。在酒席上，他以大智大勇挫败了对方的阴谋，终于胜利返回。

全剧情节并不复杂，可关汉卿很会掌握戏剧节奏。在前两折里，关羽根本没有出场，只是通过鲁肃定计及司马徽的劝阻来烘托气氛。观众心里都憋足了劲儿，只等着一睹这位大英雄的风采！

真正的"单刀赴会"在最后一折才到来。关羽乘船来到江面上，先唱了两支曲子，描述江上所见及心中所感：

昆曲《单刀会》剧照

〔双调新水令〕大江东去浪千叠，引着这数十人、驾着这小舟一叶。又不比九重龙凤阙，可正是千丈虎狼穴。大丈夫心别。我觑这单刀会似赛村社。（云：好一派江景也呵。唱：）〔驻马听〕水涌山叠，年少周郎何处也，不觉的灰飞烟灭。可怜黄盖转伤嗟，破曹的樯橹一时绝。鏖兵的江水犹然热，好教我情惨切。（云：这也不是江水。唱：）二十年流不尽的英雄血！

读这两支曲子，不由得让人想起苏轼的《念奴娇》词："大江东去，浪淘尽，千古风流人物……"曲中不少句子，正是活用苏词，可又多了一层慷慨苍凉的气氛。在浩瀚的江面上吊古伤今，悲壮的情绪油然而生，天地古今都包容在这感慨里！敌方的阴谋、眼前的危险，显得那么不值一顾！这两支曲子，实在比一首《念奴娇》还要雄壮些！

关汉卿有一支五彩的笔。写小姑娘，就写得那么娇美可爱；写慈母，又写得愁肠百转。他的作品既有轻松活泼的喜剧，也有愁云惨淡的悲剧，还有气势浩莽、山崩地坼的英雄传奇！关汉卿真不愧是元代最伟大的戏曲家。在元曲四大家里，他当之无愧地坐着头一把交椅！

白朴：滴人心碎梧桐雨

"元曲四大家中的另几位又写过什么戏？"沛沛一边往爷爷的茶杯里续热水，一边不失时机地问。

"这个嘛，"爷爷端起杯子喝了一口，"就说说白朴吧。白朴（1226—1306 以后），出生在金朝一个官宦之家，爹爹跟金代大文学家元好问是好朋友。蒙古人打破汴梁那年，白朴才七岁。他跟着元好问跑到山东，他的母亲也在混乱中失散了。

"在元好问的养育教导下，白朴长大成人，并显示了出众的才华。可他痛恨蒙古人，不愿跟他们合作，宁愿当个百姓，饮酒作诗，填词度曲，打发日子。

"白朴写过十几个杂剧，大部分都是男女爱情题材。但留下来的却不多，只有几个。《墙头马上》《梧桐雨》是最有代表性的。——怎么叫《墙头马上》呢？原来戏里说的是裴尚书的儿子裴少俊骑马出行，恰逢李总管的小姐李千金在自家花园墙头向外眺望。两人一个在墙头、一个在马上，就这么一见钟情。李千金随着裴少俊逃往裴家。

"七年过去了，李千金生下一男一女。可母子一直躲在裴家后花园里，不敢让裴尚书知道。但哪里有不透风的墙？秘密终于

《墙头马上》插图

被裴尚书发现了。他勃然大怒，辱骂李千金是下流娼妓，把她赶出大门，活活拆散了母子、夫妻。

"后来裴少俊及第得官，求李千金重返裴家。李千金把老公公痛快地数落了一顿，扬眉吐气地回到了裴家。

"《墙头马上》的故事来源于唐代白居易的一首诗。诗中叙述一对青年男女'墙头马上遥相望'、相约私奔的故事。白朴就在这基础上创作了《墙头马上》，李千金的形象在剧中得到大大加强。

"白朴的《梧桐雨》也是根据白居易的诗歌创作的。只不过写的不再是普通人的爱情故事，而是皇帝与后妃。——这么一说，

《梧桐雨》插图

你一定想起来了：白居易写过一首长篇叙事诗《长恨歌》，唐明皇跟杨贵妃就是诗中的主人公。在剧本第四折里，唐明皇思念故去的杨贵妃，听着窗外秋雨'一阵阵打梧桐叶凋，一点点滴人心碎了'——《梧桐雨》的剧名就是这么来的。

"戏的最后一折几乎没什么故事情节，作者完全凭着对景物的描绘和对往事的回忆，来烘托唐玄宗的凄凉心境。白朴的艺术魅力就体现在这儿，你读一读那优美的曲词，体会一下凄凉悲苦的感人意境，一定会说：不愧是元曲大家！"

王实甫与《西厢记》

马致远：越聪明越受聪明苦

爷爷问沛沛："有这样一支元曲小令，不知你听过没有？——'枯藤老树昏鸦，小桥流水人家，古道西风瘦马。夕阳西下，断肠人在天涯。'"

"没听过。"沛沛老实回答，又问："这是谁作的？"

"这是马致远的《天净沙·秋思》，别看只有二十几个字，它可是元散曲中最著名的小令之一呢。想想看，在一个秋天的黄昏，一位漂泊天涯的游子，独自骑着匹瘦马，在坎坷的古道上前行。太阳落山了，秋风阵阵，景色凄凉，此时此刻，游子的心情又该是怎么样的呢？

"小令开头用的是鼎足对，也就是三句相对仗；三句中包含九个词，平行连缀，语法构造再简单不过，但那悲秋的意境，却已十分浓烈。难怪有人称它是'秋思之祖'，又说它'深得唐人绝句之妙'呢！

"马致远（约1250—1321后）是大都人，曾在江浙一带做官，后来便隐居在杭州乡下。年轻时因不得志，曾参加元贞书会，跟民间艺人一块儿编剧本。由于他文笔好，还被大家推为

'曲状元'哩。晚年他信奉道教，所以杂剧作品里有不少神仙道化剧，思想比较消极。不过在另一些杂剧里，又表现出很高的艺术才能。《汉宫秋》就是最好的例子。

"这是个著名的历史故事。汉元帝时，匈奴点名要汉宫中的妃子王昭君到匈奴'和亲'——也就是拿女人换和平。元帝无奈，只好答应。王昭君走到边境黑龙江，便跳水自尽了。当王昭君离开时，元帝送出老远。回到宫中，夜深人静时听着空中孤雁的哀叫，愁肠百转，不能成眠。——这戏因此叫《破幽梦孤雁汉宫秋》。

"戏的第三折有两支曲子，专写元帝跟昭君分手时的情景和心境：

〔梅花酒〕呀！俺向着这迥（jiǒng）野悲凉。草已添黄，兔早迎霜，犬褪得毛苍，人搣起缨枪，马负着行装，车运着糇（hóu）粮，打猎起围场。他他他、伤心辞

宋人绘《明妃出塞图》局部

汉主，我我我、携手上河梁。他部从入穷荒，我銮舆返咸阳。返咸阳，过宫墙；过宫墙，绕回廊；绕回廊，近椒房；近椒房，月昏黄；月昏黄，夜生凉；夜生凉，泣寒螿（jiāng）；泣寒螿，绿纱窗；绿纱窗，不思量！

〔收江南〕呀！不思量除是铁心肠！铁心肠也愁泪滴千行。美人图今夜挂昭阳，我那里供养，便是我高烧银烛照红妆。

"元帝站在秋天的原野上，目送王昭君远去，又想象着自己独自返回宫中的寂寞与凄冷，万分感伤。

"曲中'返咸阳，过宫墙；过宫墙，绕回廊……'一段，用的是'顶针续麻'的手法——就是后一句的开头，重复前一句的末尾。这么一来，把元帝空虚怅惘、失魂落魄的心态全都写出来了。——马致远编的戏不如关汉卿的热闹，可他的曲词却是第一流的，历来受到人们称赏！

"马致远还有一本杂剧《荐福碑》，写尽不得志文人的悲哀。——有个才高八斗的书生叫张镐，好不容易弄到几封推荐信，眼看做官有望。不料他去投奔的人，不是暴死就是病亡！他到龙王庙求签问卜，得的都是'下下签'。他向朝廷献万言策，受到皇帝的赏识，被提拔为县官，却又被同名者冒名顶替，自己还受到追杀。后来他逃到荐福寺中，老和尚见他可怜，答应让他拓一千份碑帖，卖钱糊口。可夜里雷雨交加，那块荐福碑又被雷击碎了——这个可怜的读书人，真的是走投无路啦！

"剧中有这么一段曲词:'这壁拦住贤路,那壁又挡住仕途。如今这越聪明越受聪明苦,越痴呆越享了痴呆福,越糊涂越有了糊涂富!'(壁:边。)——这就是马致远代表当时的读书人,对那个颠倒社会所下的断语!"

王实甫妙笔写《西厢》

元杂剧中最出色的一部,要数王实甫的《西厢记》了。别的不说,单是它的篇幅规模——五本二十一折,就是元杂剧里绝无仅有的。

王实甫(约1260—约1336)名德信,跟关汉卿差不多是同时的作家。他做过官,后来闲居在家,全力写剧本。由于曲词写得好,文人圈子里都佩服他。他写过十几种杂剧,却只留下三种:《破窑记》《丽春堂》和《西厢记》。

《西厢记》全名叫《崔莺莺待月西厢记》。写的是已故崔相国的千金小姐崔莺莺,跟母亲郑氏护送相国的灵柩回乡去。因为道路不好走,被迫停留于河中府普救寺,就住在寺中西厢下的宅子里。

有个西洛书生,姓张名珙字君瑞,进京赶考,偶然到普救寺来游逛,正巧碰上莺莺小姐带着使女红娘在院子里看花呢。张生跟小姐你看看我,我看看你,就这么产生了好感。张生索性向寺中长老借了一间僧房,借口"早晚温习经史",其实呢,是找机会跟莺莺接近。

郑老太太要给崔相国做法事,张生也跟着"凑份子",还拦

山西运城普救寺

住红娘问东问西，被红娘抢白了一顿。张生因此害了相思病。做法事那天，张生跟莺莺在道场上又见面了，可两人只好眼巴巴互相看着，像是隔着高山大河，没法子通一句话。

这时发生了一件意外的事：有个叛将叫孙飞虎的，听说崔相国的小姐有"倾国倾城"之貌，就带了人马围住佛寺，威胁说三天内不交出莺莺，就要杀人放火。郑老夫人向寺内的人许下诺言：不管是僧是俗，谁有退兵之策，就倒陪嫁妆，把莺莺嫁给他。这一下，张生的机会来了。

张生是个文弱书生，哪来的退兵之策呢？原来他有个朋友叫杜确，号"白马将军"，是镇守蒲关的大将。张生当下写了一封求救信，差一个鲁莽和尚突围去见白马将军。结果大兵一到，孙飞虎一溜烟逃走了。

愿天下有情人皆成眷属

张生满心欢喜，只等着老夫人请他去做"乘龙快婿"哩。谁想老夫人摆了一桌酒，让张生跟莺莺以"兄妹之礼"相见。这一对情人大失所望。莺莺暗中埋怨当娘的不该变卦；张生呢，受了这回打击，难过得要上吊！

还是红娘有主意，她让张生用琴声来试探小姐的心意。入夜，张生在书房里弹了一曲《凤求凰》，小姐在窗外听了，无限感慨。

张生真的病倒了。红娘受小姐支使，前来探病，张生趁机让红娘给小姐带去一封书简。小姐的回信是四句诗："待月西厢下，迎风户半开。拂墙花影动，疑是玉人来。"张生一见大喜，他明白，这是小姐约他夜晚到西厢见面呢！

好不容易盼到晚上，张生跳过花墙，前来赴约。谁料小姐又变了脸，跟红娘一起把张生好一通奚落。——张生本来有病在身，回去后病得愈发厉害了！

其实小姐心里也一直惦着张生呢。听说张生病重，她又央求红娘给张生送去"药方"，原来那又是一封约张生幽会的诗简。到了夜间，小姐由红娘陪着，亲自来到张生的书房。一对有情人终于冲破了重重阻拦，走到一块儿来了。

渐渐地，老夫人察觉了风声。她拷打红娘，逼问真情。红娘不但不害怕，反倒责备老夫人不该言而无信，又说家丑不可外扬，闹起来，怕会辱没崔相国"家谱"。老夫人被红娘说破心病，无可奈何，只得默认了女儿跟张生的关系。可又说"俺家三辈儿

《西厢记》插图（王叔晖绘）

不招白衣女婿"，立逼着张生进京应考。莺莺送张生到十里长亭，两人难分难舍，一肚子话一句也说不出来。

当然，结局是张生没辜负莺莺的期望，一举考中了状元。虽然又有曲折，但这一对有情人终于喜结良缘！

戏的结尾唱道："愿普天下有情的都成了眷属。"这句唱词，就是全剧的主旨。——莺莺跟张生追求幸福，最终如愿以偿。那些约束人性人情的封建礼教，到底没能捆住他们！可普天之下的有情人又何止这一对呢？愿大家都能冲破礼教的阻拦，结成一对对幸福伴侣，这才是剧作者希望的。

红娘快语，小姐彷徨

王实甫很会描写人物心理。他不是随随便便编个故事，求个热闹。他深知人物形象是作品成功的关键。人物刻画得生动逼真，文学才有生气。

就拿莺莺小姐来说吧，用现代的眼光看，一个十九岁的姑娘，偷偷爱上了一个小伙子，最后两人结成夫妻，这又有什么好讲的呢？可王实甫笔下的莺莺，却不是这么简单：她是相国家的千金，家教极严。相国虽然不在了，老夫人却一刻没放松对她的管教和防范，红娘不就是老夫人安插在小姐身边伺候并监视她的吗？这么一看，莺莺能走上跟张生"自由恋爱"的道路，实在不易。不但要跟老夫人斗争，自己内心也要经历很复杂的思想斗争哩！

红娘理解小姐的心思。她第一次替张生传书递简，没敢大模大样地交到小姐手里，而是偷偷放在她的梳妆盒上。果然，小姐看信后，不仅没露出喜色，反而大发脾气，说："小贱人，这东西那里将来的？我是相国的小姐，谁敢将这简帖来戏弄我？我几曾惯看这等东西？告过夫人，打下这个小贱人下截来。"（将来：拿来。下截：指腿。）

可红娘抢过简帖，假意要向老夫人自首时，莺莺又连忙拦住说："我逗你耍来！"接着便问长问短，打听张生的病情。——莺莺干吗要口是心非呢？她是在试探红娘。在传统社会，不经"父母之命、媒妁之言"，跟陌生男子私订终身，那简直就是犯罪！小姐这时还没摸透红娘的心思，她当然不敢公开表露自己的爱情啦。所以她来个"先发制人"，假作发怒，看红娘的反应。等红娘一说要告发，她又转过来央求红娘。

在整个恋爱过程里，小姐总是那么犹犹豫豫，反复动摇，口不应心的。有时她主动约张生见面，可事到临头，却又反悔了。

这正符合她的身份和心理。假如她一开头就毫无顾忌地投入张生的怀抱，那就不是相国千金啦！

张生为人真诚坦率，忠厚老实，有一股不屈不挠的韧劲儿。但书读多了，难免有点儿呆气，少了一点儿泼辣和勇敢。

跟这二位不同，红娘完全是另一副性情。别看她不识字，可快人快语、热情泼辣，心里明镜似的。她看不惯老夫人的背信弃义，同情这一对青年男女的境遇，因此宁愿担着风险，替他们送信跑腿儿、出谋划策。没有她的鼓励和推动，张生跟小姐就很难结合。

不过红娘帮小姐和张生做事，可不是奴才给主子效力，而是朋友帮朋友。有时，她对两人又是讽刺又是训斥的，那二位反倒赶着她叫"姐姐"、叫"娘子"。那情景，真是怪有趣儿的。——这个人物形象，在后世特别受人喜爱。人们把生活中的热心牵线

《西厢记》插图（陈洪绶绘）

人，就叫作"红娘"。

老夫人在剧中是个反面的角儿。她满脑子旧观念，是个老顽固。其实她本身倒不一定坏到哪儿去。她是那个时代的人，说话行事必然遵循着那个时代的礼数和规矩。现代人批评她专制、虚伪，其实这正是封建礼教本身所具有的特点。

词句警人，余香满口

《西厢记》的曲词特别优美，充满了诗情画意。人们总爱朗诵《长亭送别》的那首〔正宫端正好〕：

> 碧云天，黄花地，西风紧，北雁南飞，晓来谁染霜林醉？总是离人泪。

这支曲子写的是深秋景象。天高云淡，黄花满地，西风阵阵，大雁南飞，林间的枫叶让霜一打，红得像血。张生进京赴考，就要远去了。在莺莺眼里，大自然也显出一派哀愁。——而"碧云天，黄花地"这两句，还是化用宋代范仲淹的"碧云天，黄叶地"(《苏幕遮》) 呢。

这一折的结尾有两支曲子，是莺莺看着张生走远时唱的：

> 〔一煞〕青山隔送行，疏林不做美，淡烟暮霭相遮蔽。夕阳古道无人语，禾黍秋风听马嘶。我为甚么懒上车儿内，来时甚急，去后何迟？〔收尾〕四围山色中，

一鞭残照里。遍人间烦恼填胸臆，量这些大小车儿、如何载得起？

这些曲词，真正做到情景交融。《红楼梦》里的林黛玉称赞《西厢记》"词句警人，余香满口"，你读过这些曲子，细细咀嚼玩味，真会觉得香味儿满口，经久不散呢！

对了，你一定会想，在王实甫《西厢记》之前，不是还有一部诸宫调《董西厢》吗，这两部作品有啥关联？不错，这部《王西厢》正是在《董西厢》的基础上发挥创作的，主要故事情节全都保留了下来。不过无论是思想内容还是艺术水平，《王西厢》都比《董西厢》有了很大提高，人物形象也要鲜明得多。

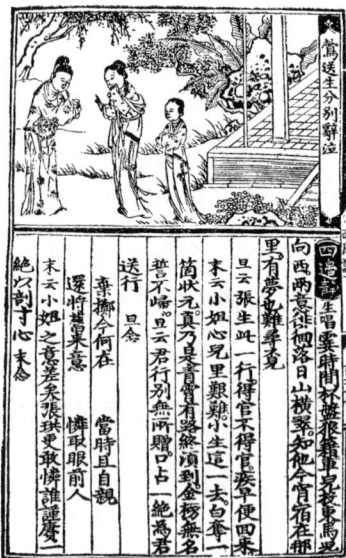

《西厢记》书影

莺莺与张生的爱情故事最早发端于唐代元稹的《莺莺传》，在《董西厢》和《王西厢》之后，还有明人用南曲改编的《南西厢》。——你看，一个经典的爱情故事，生命力有多强！

《西厢记》的价值，早被人们看出来了。明代人曾说"新杂剧、旧传奇，《西厢记》天下夺魁"（贾仲明《录鬼簿续编》)。当代学者评论说:"《西厢》是有生命的人性战胜了无生命的礼教的凯旋歌、纪念塔。"它的意义,超越了空间和时间,至今还有着打动人心的力量。这正是世间一切伟大文学作品的共同之处呢!

郑光祖:倩女离魂为哪般

沛沛掰着指头算算:"关、白、马、王……这'五大家'里,还缺一位'郑'哩。"

爷爷说:"不错,郑光祖是元代后期的剧作家。他曾在杭州做过官,死后就葬在西湖边上。他在当时名气很大,戏曲界提起'郑老先生',人人敬重。连闺阁里的妇女,也熟知他的名字。他写过一二十种杂剧,流传下来的有八九种,最有名的是《倩女离魂》。同《西厢记》改编自唐传奇一样,这本戏也是由唐传奇《离魂记》改编的。

"倩女跟王生从小'指腹为婚'。可俩孩子

《倩女离魂》插图

到了婚配年龄，倩女的娘嫌王生是个'白丁'，说不中举就别想成亲。就这么着，王生离了倩女，进京赴考。倩女思念王生，不知不觉地，魂魄离了身躯去追赶王生，留下躯壳躺在床上，卧病不起。

"后来王生一举成名，带着倩女衣锦还乡。到了家中，归来的倩女跟床上的倩女合到一块儿，王生这才明白，原来跟自己进京的，竟是倩女的魂魄！

"这个戏有点儿神奇是不是？怎么魂儿能跟躯体忽离忽合呢？其实作者正是要说明：真正的爱情，是什么也挡不住的！

《倩女离魂》的曲词写得也很美。你听听这一首：

〔小桃红〕我蓦听得马嘶人语闹喧哗，掩映在垂杨下，唬的我心头丕丕那惊怕，原来是响当当鸣榔板捕鱼虾。我这里顺西风悄悄听沉罢，趁着这厌厌露华，对着这澄澄月下，惊得那呀呀呀寒雁起平沙。

这是倩女的魂魄追赶王生到江边时唱的。一个从未离家的少女独自一个人跑到这陌生的环境里，心里又惊又怕。曲子把这种感受都抒写出来，既真实，又优美。后人把郑光祖列为元曲四大家之一，看来不是没有道理的。

"郑光祖的杂剧《王粲登楼》过去也很受推崇，它写出一个怀才不遇者的感慨，因而在文人圈里知音很多。封建社会的读书人，有几个能飞黄腾达的？怀才不遇的，到底是大多数啊！"

第 39 天

元代的散曲、诗文及南戏

元代散曲六七家

"咱们只顾谈杂剧，元曲的另一种样式——散曲，还没谈到呢。"

爷爷说："是啊。其实杂剧和散曲是分不开的。前头说过，散曲又分小令和套数，其实杂剧的四折，就相当于四个套数，而每个套数中又包含若干小令。因此说，那些戏剧家全都是写散曲的高手，当然，也有偏重散曲创作的，像张养浩、张可久、乔吉、睢景臣、刘时中等，他们的风格或自然质朴，或典雅工丽，各有千秋。

"我们所知的元代散曲作家共有两百多位，保存下来的小令有三千八百多首，套数也有四百七十几套，统统收在今人编辑的《全元散曲》中。

"前两天咱们提到过关汉卿的《一枝花·不伏老》、马

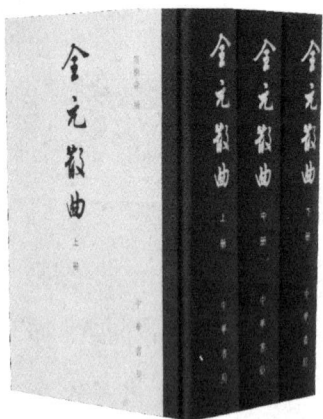

当代学者编辑的《全元散曲》
共收小令、套数四千余首（套）

致远的《天净沙·秋思》。马致远还有一套《耍孩儿·借马》，形容一个爱马如命的悭吝人。人家要借他的马用一用，他千叮咛万嘱咐，就像是把自己的亲儿子托付给人家似的。

"白朴也写过四首吟咏四季景色的《天净沙》，看看《秋景》这一首吧：

孤村落日残霞，轻烟老树寒鸦，一点飞鸿影下，青山绿水，白草红叶黄花。

曲中动静相形，色调也很明丽，可以跟马致远的《秋思》并读。

"迟于四大家的张养浩（1270—1329），虽然官高爵显，却十分关心百姓的疾苦。他的小令《山坡羊·潼关怀古》，就体现了这一点：

山峦如聚，波涛如怒，山河表里潼关路。望西都，意踟蹰（chíchú）。伤心秦汉经行处，宫阙万间都做了土。兴，百姓苦；亡，百姓苦。

国家兴盛时，大兴土木，受苦的是百姓；国家败亡，战火焚烧，受苦的依然是百姓。对老百姓来说，封建政权无论兴衰，还不都是一回事儿！

"元代后期的散曲作家张可久（1280—约1352），也是位心系百姓的读书人。读读他的那首《卖花声·怀古》（二首其一）：

美人自刎乌江岸，战火曾烧赤壁山，将军空老玉门关。伤心秦汉，生民涂炭，读书人一声长叹！

前三句仍是'鼎足对'，用了三个典故来概括战乱不断的秦汉历史，接着指出，无论谁赢谁输，受祸害的总归是老百姓。只是面对历史，一介书生又能如何？只能发出一声无奈的长叹。

"元后期散曲作家乔吉（？—1345）的作品，又别有韵味。像那首《水仙子·寻梅》，句句写梅，却始终没露出一个'梅'字儿来，含蓄而委婉。只是他的曲子更接近词，元曲天然质朴的风味儿，已所剩无几。

"说到套数中的名作，睢景臣（约1264—1330）的《般涉调·哨遍·高祖还乡》很有名。曲中借一个乡下老财的眼睛，看汉高祖刘邦的形象，不但对封建皇帝的权威提出了大胆挑战，同时讽刺了乡下老财的无知与吝啬。

"刘时中（生卒年不详）的套数《端正好·上高监司》则描述了元代一次大饥荒。有人把它说成元散曲中的'新乐府'，跟白居易的'新乐府'相提并论。这应是很高的赞誉。"

沛沛说："元代也有诗词和小说吧？"

爷爷说："当然有。另外还有一种戏曲形式——南戏，也还没有讲到，今天一块儿说说。"

诗人王冕：只留清气在人间

除了散曲，元代文人作诗填词的也有不少。只是他们一味模仿唐宋，艺术上也没有多少创新。不过总还出了几位诗写得不错的，像元初的刘因、赵孟頫（fǔ）等。

刘因（1249—1293）本是北方的汉人，却总以南宋遗民自居。由于他声望高，元世祖曾召他入朝做官。可没过多久，他就借口老娘生病，辞官回家。以后朝廷再召他，他却死也不肯出山。

刘因的诗，常常流露出遗民思想。像《观梅有感》：

东风吹落战尘沙，梦想西湖处士家。
只恐江南春意减，此心原不为梅花。

诗写于南宋灭亡之后。刘因在北方观梅，很自然地想到隐居西湖、热爱梅花的林和靖，又由此联想到江南的局势：战争是结束了，可经蒙古人的铁蹄践踏，江南的春光也要大大减色了吧？——诗人公开说：我哪里有心思赏梅呢，江南人民的命运，才是我心中牵挂的呢！

赵孟頫（1254—1322）本是宋代宗室，后来投降元朝，做了高官。由于他节操有亏，当时的遗民都看不起他，连他的侄子也跟他断绝了往来。他的内心十分矛盾，所写的诗文，也常流露出对故国的怀念。

有一首《岳鄂王墓》，就是借着凭吊南宋民族英雄岳飞，来抒写亡国之痛的。其中有"南渡君臣轻社稷，中原父老望旌旗"的句子，诗人的立场，不难判断。——赵孟頫还是有名的画家和书法家。他的字秀丽潇洒，铁划银钩，号称"赵体"，跟颜真卿、柳公权、欧阳询的书法齐名。

元代中叶，文坛上出现了虞、杨、范、揭四家，也就是虞集（1272—1348）、杨载（1271—1323）、范梈（pēng，1272—1330）

和揭傒（xī）斯（1274—1344）这四位。他们生活在比较安定的时期，作品里没有多么深刻的思想和感触，成就也不突出。说是"元四家"，也只是"矬子里拔将军"。

另有一位画家兼诗人的王冕（1287—1359），已是元末人。他从小放牛，常偷偷到学舍听学生们读书，一边听，一边默记在心。可牛却没人管，跑到人家田里乱踩。为这，王冕没少挨打，却总也不改。当娘的心疼儿子，对他爹说：咱们摊上这么个呆痴儿子，干脆别管他算了。夜晚，王冕常常独自到佛寺里，凑着佛像前的长明灯读书。庙里的神鬼塑像狰狞可怖，可王冕陶醉在书中，一点儿也不害怕。

王冕还自学画画。他画的梅花，只用胭脂，不用墨色，称为"没（mò）骨体"。他见世事将乱，便携妻子隐居在九里山，造

王冕所绘墨梅

屋三间，绕屋种梅千株，自号"梅花屋主"。

王冕是个隐士，他心里却装着国家和百姓。他的不少诗，像《伤亭户》《悲苦行》等，都是揭露社会现实之作。此外，表现高尚节操的诗也不少，像这一首《墨梅》：

> 我家洗砚池头树，个个花开淡墨痕。
>
> 不要人夸好颜色，只留清气满乾坤。

谁都能从这平淡自然的字面下，体会出诗人心中的一股浩然正气。后来清代小说家吴敬梓创作《儒林外史》，还把王冕写进书里，作为正面文人的典型。

"元词之冠"萨都剌

元代也有人填词，元中期的萨都剌（约1272—1355）就是一位。他本是色目人，又是将门之后，却偏偏爱好文学。他一生到过许多地方，塞北的雄浑气象，江南的秀丽风光，在他的诗里都有反映。他同情百姓，厌恶战争，"男耕女织天下平，千古万古无战争"是他的理想。

他的词写得最出色。读读这首《满江红·金陵怀古》：

> 六代豪华，春去也，更无消息。空怅望，山川形胜，已非畴昔。王谢堂前双燕子，乌衣巷口曾相识。听夜深寂寞打孤城，春潮急。　　思往事，愁如织。怀故国，空

萨都剌

陈迹。但荒烟衰草，乱鸦斜日。玉树歌残秋露冷，胭脂井坏寒螀泣。到如今，只有蒋山青，秦淮碧！

诗人在六代为都的金陵城登临怀古，想到历史上这里发生过的一切，得出这样的结论：一切人世繁华都是过眼烟云，只有青山常在、碧水长流的大自然，才是永恒不变的！全词说古道今，慷慨豪迈。词中还巧妙化用古人的名篇佳句，用得那么从容自如、不露痕迹。——难怪有人把萨都剌推为"有元一代词人之冠"！

《永乐大典》，南戏三种

元杂剧发源于北方，用北方音乐伴奏。那么，南方有没有戏曲呢？当然也有，就是南戏。南戏大约诞生在北宋末年。它的音乐是南方流行的"里巷歌谣"，不讲究宫调，也不太被士大夫看得起。

到了元代，天下一统，北方的杂剧传到南方，跟南戏有排斥，也有交融。至元末，杂剧逐渐衰落，南戏则吸收了北曲的营养，蓬蓬勃勃地发展起来。

南戏本来叫"戏文"，最早兴起在浙江温州那地方，叫"温州杂剧"。温州古称永嘉，因而又叫"永嘉杂剧"。为了跟北曲相区别，人们在戏文前面加上"南曲"二字，称"南曲戏文"，简称就叫"南戏"。

比起每本四折的杂剧，南戏的规矩显得不那么严格。它的一场叫一"出"；每本戏长的有五六十出，短的也可以二三十出，颇为自由。音乐开头使用南曲伴奏，后来吸收了北曲曲调，出现了"南北合套"的形式。角色分为生、旦、净、末、丑、外、贴七种。凡是上场的角色都能演唱，不像北杂剧，只有主角一人能唱。

保存完整的早期南戏为数不多，其中公认的有三种：《张协状元》《宦门子弟错立身》和《小孙屠》。

《张协状元》演的是书生张协进京赶考，中途遭抢，病倒在破庙里。幸得贫女相救，两人结为夫妻。后来张协中了状元，嫌贫女"貌陋身卑、家贫世薄"，不肯相认，还派人去追杀她。幸而贫女大难不死，又被王枢密收为干女儿，最终仍与张协破镜重圆。——此剧大约作于南宋，是戏剧舞台上最早的"痴心女子负心汉"故事啦。

《小孙屠》和《错立身》大约都是元代作品。前者写屠户孙必贵替兄报仇的故事；后者写一位女真官员的公子哥，跟着个女艺人流浪江湖、四方卖艺的爱情故事。由于这三本戏都收在明代编纂的《永乐大典》里，所以又称作"永乐大典戏文三种"。

荆刘拜杀，四大传奇

南戏还有个别称，叫"传奇"。元末有四部有名的南戏，号称"元代四大传奇"，即"荆、刘、拜、杀"。

"荆"是《荆钗记》，写温州才子王十朋跟钱玉莲结为贫贱夫妻，订婚的聘礼，只有一根荆钗。后来王十朋进京赶考，得中状元。万俟宰相要招他做女婿，被他拒绝，他也因此被降职。以后几经周折，十朋终于同玉莲重新团聚。——戏曲里最常见的是男子负心的故事，《荆钗记》却塑造了一个富贵不忘"糟糠妻"的书生，令人耳目一新。

"刘"是《刘知远白兔记》，刘知远是五代时后汉的开国皇帝，戏中说的是他当皇帝之前的事儿。刘知远年轻时被后爹赶出家门，到李家当了上门女婿，净受大舅哥欺负，一气之下离家投军。妻子李三娘独自在家，受尽哥哥嫂嫂的折磨，在磨坊里生下个儿子，并托人送交刘知远。

十六年后，儿子长大成人。一天因打猎追赶白兔，巧遇亲娘，一家人终于团聚。——李三娘是剧中被歌颂的对象，她质朴善良、忍辱负重，具备了中国妇女的传统美德。

"拜"是《拜月亭》，又名《幽闺记》。这本戏大概是根据关汉卿的同名杂剧改编的，可内容却丰富了不少，全长有四十出。

"杀"是《杀狗记》，这是个带有劝诫意味的故事。——浪荡公子孙华整天跟几个狐朋狗友花天酒地鬼混，却把亲兄弟赶出家门，让他住在破窑里。孙华之妻杨月真是位贤妻良嫂，她想出一条妙计规劝丈夫。入夜，孙华喝得醉醺醺地回家来，在门前绊了一跤。他惊惧地发现，门口躺着一具尸体！

孙华忙请朋友帮他移尸避祸，不想"朋友"却借机向他勒索钱财。还是杨月真请来孙华的弟弟，才把尸体搬走。孙华的"朋友"见勒索不成，又到官府去告他。最后真相大白，一切都是杨月真安排的：那尸体根本不是人，而是一条裹了衣服的死狗！孙华这回明白了，还是亲兄弟靠得住！

"四大传奇"各有作者，但都不大可靠。作者真实可考的，是另一部南戏《琵琶记》，作者是元末人高明。

《拜月亭》插图

"词曲之祖"说《琵琶》

高明（约1301—约1370）字则诚，中过进士，断断续续做过几任官。晚年归乡，专心从事戏剧创作。《琵琶记》就是这时写成的。

东汉末年，秀才蔡伯喈奉父命进京赶考，一举得中状元。当朝牛丞相硬要招他做女婿，他屈从了。其实在家乡，他还有个结

《琵琶记》插图

发妻子，就是赵五娘。正赶上这一年家乡闹饥荒，五娘为了供养公婆，把嫁妆都卖掉了，换点儿粮食，全拿给公婆吃，自己却偷偷吃糠咽菜。可公婆还是饿死了。赵五娘用罗裙包土，埋葬了二老，自己扮作道姑模样，一路弹琵琶乞讨，进京来寻丈夫。几经周折，终于在牛府与丈夫团聚。

不用说，戏里最感人的形象是赵五娘。她吃苦耐劳、孝敬公婆、忠于爱情。蔡伯喈就差得远了，他背弃妻子、不顾爹娘，一个人在相府里当阔女婿，实在应当受责备。在最早流传的故事里，他是被雷劈死的。可高明在剧里极力替他开脱掩饰，这反映了高明的立场——他本身也是士大夫嘛！

剧中"糟糠自厌"一出最感人。赵五娘有一段唱词，把自己比作糠，把蔡伯喈比成米，说两者本来相依为命，却被簸箕扬作两处，一贱一贵，命运悬殊。——作者有意让赵五娘和蔡伯喈两条线索相互交错，一悲一喜，两相对照，整个社会的不公，也就从这儿显现出来。

从艺术上看，《琵琶记》比当时的南戏全都高明，因此受到人们喜爱，对后世的影响也很大，被称为"词曲之祖"。从19世纪起,《琵琶记》就有外文译本。英文的、德文的、法文的、日文的、拉丁文的,不下二十几种。

南戏这种戏剧形式,最初还局限在江浙一带,后来渐渐流传到江西、安徽,又出现各种声腔:海盐腔、余姚腔、昆山腔、杭州腔、弋阳腔等。到了明清两代,风靡全国的戏剧形式"传奇",就是在南戏基础上发展形成的呢!

讲史话本,图文并茂

"最后再说几句元代小说。"爷爷说,"戏曲跟说话这两门艺术,像是亲兄弟,它们都属于通俗文学,又同在瓦舍勾栏里演出,彼此影响,有着共同的题材。有不少戏剧,就是根据话本故事改编的。

"元代是戏曲兴盛的时代,说话同样发达。这段时间内,讲史话本(又称"平话")十分流行。今天能见到的,就有之前提到的元至正年间建安虞氏刊印的《武王伐纣书》《乐毅图齐七国春秋后集》《秦并六国平话》《全汉书续集》《三国志平话》等,合称《全相平话五种》。——你看,又是'后集'又是'续集'的,应该

《秦并六国平话》为《全相平话五种》之一

117

还有'前集''本集'，可见当时流行的讲史话本，肯定不止这几种。

"这些话本，每页大都分为上下两栏。上栏是图画，下栏是文字，这大概是中国最早的连环画吧？只是话本的文学水平普遍不高，叙事简略，文辞粗率，满眼都是白字——这也不奇怪，这才是话本的本来面貌，还没经过文人的加工呢。

"不过它们对后世的长篇章回小说有直接影响。像《武王伐纣书》，到明代演变为《封神演义》；《三国志平话》呢，演变为《三国演义》。——明、清是小说兴盛繁荣的时代，可许多小说名著的创作，在宋元时期就已经撒下种子长出幼苗啦！"

第 **40** 天

明代文坛流派多

宋濂等：推开明代文学的大门

"从今天起，咱们的讲座进入明代。明代的开国皇帝是朱元璋，他对文化思想控制得很严。大概他本人出身农民，对文化有着一种隔膜和恐惧，总觉着文人心眼儿多，不好对付，因此格外猜忌。

"有个官员给朱元璋上贺表，写了'光天之下，天生圣人，为世作则'几句恭维话，不想惹得朱元璋大怒，这个倒霉的官员也差点儿送了命。原来朱元璋年轻时当过和尚，又参加过红巾军，最忌讳人提这些陈年往事。——而'圣人'听起来像'僧人'，'则'的读音跟'贼'相似，这还了得！

"正因为如此，那时的文人唯唯诺诺，不敢多说一句话。明初那一阵子，文坛上十分沉闷，只出了有限的几位文学家，还都是元代培养出的人才。

"就说说宋濂吧。宋濂（1310—1381）年轻时家里很穷，买不起书，只好借了人家的书，抄一遍再跑着送回去，生怕送晚了人家不高兴。他还四处求师问道，后来终于成了大学者。

"他在《送东阳马生序》一文中，回忆了自己早年求学的经历。其中一段说到，同窗中有许多阔公子，锦衣玉佩，光彩照人的；自己却穿着破麻布袍子，厕身其间。然而泰然自若，一点儿不觉着自己寒酸，'以中有足乐者，不知口体之奉不如人也'——因为我心中自有乐事，不觉得吃的穿的不如人家。他所说的乐事，就是求学问道之乐啊！

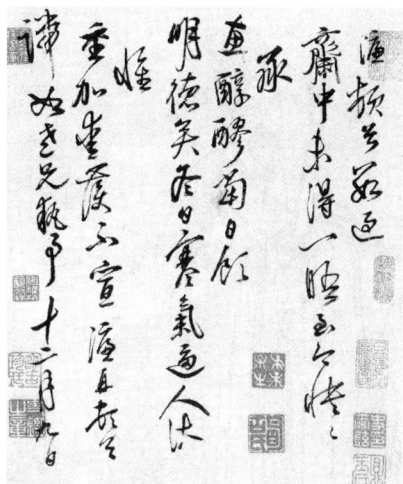

宋濂墨迹

"宋濂主持编纂《元史》，并亲自撰写了好几篇人物传记，如《王冕传》等，都写得十分生动。明朝开国的许多典章制度，都是他一手创制的。人们尊他为'开国文臣之首'。外国使者来朝见，总要问一声：'宋先生起居无恙否？'

"明初另一位有影响的文学家是刘基（1311—1375），字伯温，他在元代中过进士，元末参加了反元斗争，成为明代的开国功臣，朱元璋尊称他为'老先生'。明朝采用八股取士的科举政策，便是听从他的建议。民间还传说他能掐会算，能预知未来；又说号称'八臂哪吒城'的北京，便是他设计修造的。这虽是附会之谈，却也说明百姓对他的爱戴。

"历史上的刘基十分关心百姓疾苦。他有一篇散文《卖柑者言》，说有个卖柑老人，常把'金玉其外、败絮其中'的柑橘卖给人家。作者去责问他，他反说出一大篇道理来：那些外表上威风凛凛、仪表堂堂的大官僚们，难道真的有治理国家的本领吗？你

刘基

只看到我在搞欺骗，干吗不去看看他们！刘基这篇文章写于元末，很明显，是借着卖柑老人之口，指责元代的腐朽官僚呢！——通过寓言说道理，也成为刘基散文的一大特色。他另有《郁离子》，便是一本寓言集。

"高启（1336—1374）是明初最有才气的诗人，他的那首《登金陵雨花台望大江》，气势奔放。诗开篇便道：'大江来从万山中，山势尽与江流东。钟山如龙独西上，欲破巨浪乘长风！……'这诗句气势够大，把金陵城'龙盘虎踞'的地势环境写活啦！

"以下诗人回顾金陵六朝为都、群雄割据的历史，归结说：'我今幸逢圣人起南国，祸乱初平事休息。从今四海永为家，不用长江限南北！'（圣人：这里指明朝开国皇帝朱元璋。）——尽管高启后来受到迫害，最终死在朱元璋的屠刀下，但此刻他面对四海一家的局面，那欢欣鼓舞之情，却是发自内心的！"

"三杨"平庸，于谦耿介

说起明前期的诗人，不能不提"三杨"，便是杨士奇（1366—1444）、杨荣（1371—1440）、杨溥（1372—1446）三位。他们都是身居高位，闲时爱写写诗，可诗的内容却脱不开歌功颂德、粉饰太平。看上去四平八稳的，却没什么真情实感，显得平庸乏味。——因为三杨都是台阁重臣，人们就把这种诗体称作"台阁体"。可别小看台阁体，它在明初文坛上统治了近一百年呢！

不过也有人没受台阁体的影响，于谦（1398—1457）就是其中一位。不错，于谦是挽救了明王朝的英雄。明正统年间，蒙古瓦刺部落的军队在土木堡大败明军，还俘虏了英宗皇帝，一直打到北京城下。于谦是兵部尚书，他一面拥立新君、稳定民心，一面抵抗敌人，终于使局势转危为安。

可后来英宗被瓦刺放回，并发动政变重新当上皇帝，于谦这下遭了殃。他因背叛英宗另立景泰帝，被砍了头。但老百姓心里明白：于谦这全是为了国家和民众啊！

于谦一生光明磊落，有一首《石灰吟》可以表明他的心迹：

千锤万凿出深山，烈火焚烧若等闲。

粉骨碎身全不怕，要留清白在人间。

石灰石出在深山，采出后经过烧炼，便成了洁白的石灰。于谦这是拿石灰比喻自己的节操呢！

李东阳（1447—1516）也是明初的有名诗人。他主张学习杜甫，并模拟古乐府写了不少诗。虽然没有完全脱离台阁体的影响，但已露出复古的苗头，对接下来的前后七子产生了显著影响。——因为李东阳是湖南茶陵人，所以人们把这一派称为"茶陵诗派"。

七子：文必秦汉，诗必盛唐

中国文坛上有七人结盟的风气。汉末有"建安七子"，晋代有"竹林七贤"，至明代，又出了前后七子——那是指活动于正德、嘉靖年间的两个文学流派，各由七人组成，前后相衔，分别称为"前七子"和"后七子"。他们主张相似，势力不小，统治诗坛长达百多年。

前七子的领袖是李梦阳（1473—1530）与何景明（1483—1521），成员还有徐祯卿（1479—1511）、边贡（1476—1532）、康海（1475—1540）、王九思（1468—1551）、王廷相（1474—1544）。

后七子的领袖是李攀龙（1514—1570）和王世贞（1526—1590），成员还有谢榛（1495—1575）、宗臣（1525—1560）、梁有誉（1519—1554）、徐中行（1517—1578）、吴国伦（1524—1593）。

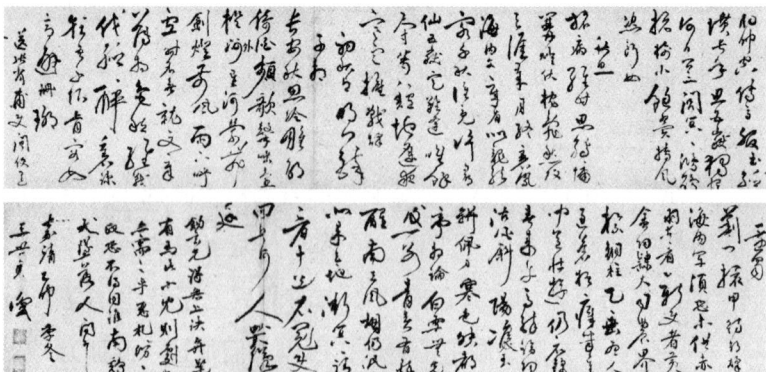

王世贞墨迹

前七子有个响亮的口号："文必秦汉，诗必盛唐。"那意思是说：散文秦汉的最好，诗歌盛唐的最妙！后七子的主张更绝对，连李白、杜甫的后期诗歌都在排斥之列，还说什么"大历以后书勿读"！

七子的弊病在于"食古不化"，写文作诗，只是依葫芦画瓢，一味模仿古人。他们还振振有词地辩解：写字不是讲究临摹古帖，临得越像越好吗？写文章也是这个理儿。

结果，在他们的鼓动下，人们盲目尊古，对古人的诗文生吞活剥，不但学人家的词汇句法，还模拟人家的思想感情。有人干脆剽窃、抄袭。这样的东西当然是不高明的。

不过话说回来，前后七子也并非一无是处。他们掀起声势浩大的复古运动，彻底摧垮了台阁体的一统天下，好像在一潭死水里投了一块石头，让这沉寂百年的死水起了波澜。

此外，前后七子在政治上都是些正直的人。在朝为官时，敢于跟权贵宦官们较量。李梦阳就因弹劾国舅（皇后的兄弟）而入狱，然而他并不服气，出狱后在路上遇到对方，迎头便骂，还用马鞭打掉对方两颗门牙！

李梦阳的诗歌代表作有《秋望》《林良画两角鹰歌》等，后者是一首题画诗，借古讽今，直刺本朝皇帝——他始终是硬骨头！

前七子另一领袖人物何景明也是不肯依附权贵的硬骨头。权贵请他吃饭，他推辞不过，就带了一个马桶去赴宴。人家吃饭，他坐在马桶上读书。他还因弹劾大宦官刘瑾而被罢官。

何景明也主张复古，却强调继承古人的批判精神。在《答望

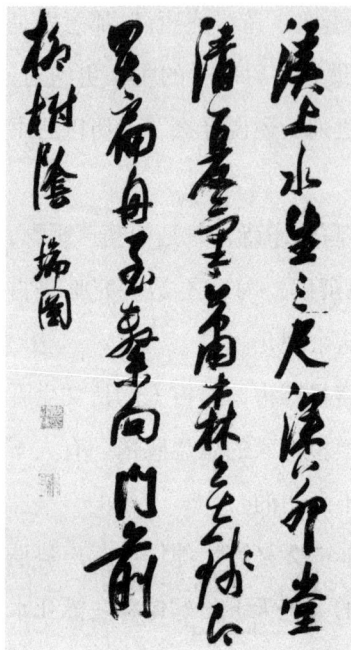

明人书何景明诗

之》一诗中，有"饥馑饶群盗，征求及寡妻"的诗句——饥饿逼得百姓纷纷为"盗"，官府横征暴敛，连寡妇也不放过！诗人批判官府，毫不客气！

后七子中的宗臣，散文写得极好，有一篇《报刘一丈书》，专门讽刺那些攀高枝儿往上爬的人，写他们如何到权贵之家进谒，如何对看门人"甘言媚词作妇人状"，如何在马棚里忍着饥饿寒暑等着权贵接见，又如何向权贵作揖叩拜、阿谀献金……把这些无耻之徒的丑态描摹得淋漓尽致、穷形尽态。——文中没明说权贵是谁，可谁都知道，那是指权倾一时的奸臣严嵩。

宗臣自己是个有骨气的人。当时有个叫杨继盛的谏官上书弹劾严嵩，被严嵩杀害。宗臣公然表示对他的同情，解下袍子遮盖他的尸体，还作文哭祭他。人们都说"文如其人"，宗臣的文和人，就都带着凛然正气。

重亲情的归有光

就在前后七子垄断文坛的同时，有个"唐宋派"也挺活跃。

这一派的代表人物是王慎中、唐顺之、茅坤和归有光。

王慎中、唐顺之都鼓吹向唐宋古文家学习写作，"唐宋派"的名称，也是这么来的。茅坤（1512—1601）号鹿门，还编选了一部《唐宋八大家文钞》，给人们当范文。——"八大家"又叫"唐宋八大家"，是指韩愈、柳宗元、欧阳修、苏洵、苏轼、苏辙、王安石、曾巩这八位古文大家。而这八家正是茅坤选定的。这部文选一出来，风行海内，连乡下孩子都知道有个"茅鹿门"。

唐宋派的主将是归有光（1507—1571），他年纪轻轻就中了举，可先后八次赴考，都没能登第。他于是在嘉定安亭江上边读书边讲学，跟他学习的弟子有好几百人，都尊称他"震川先生"。后来他到底中了进士，可那时已是年届六十的白发老翁了。

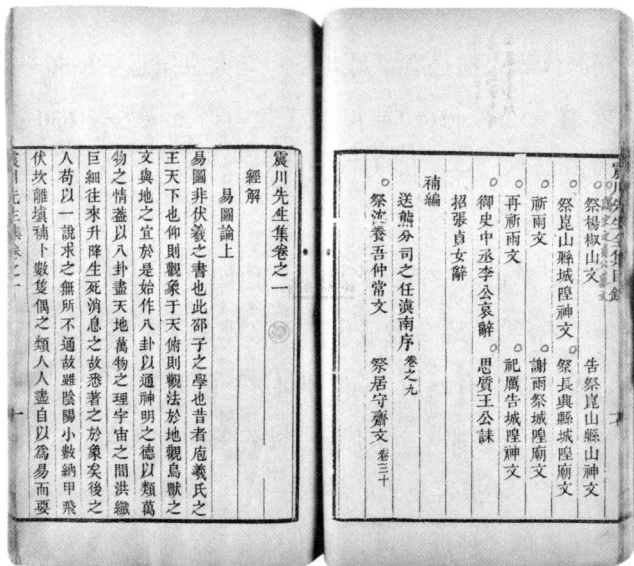

归有光《震川先生集》书影

归有光写文章喜欢用平和的语调讲说身边的琐事，文从字顺，亲切感人。例如那篇《项脊轩志》就是典范。

项脊轩是归有光家的一间小阁子，一丈见方，只能容下一人。归有光自幼在轩中读书，在介绍难忘的读书生活时，还连带回忆起祖母、母亲、家中的老保姆及故去的妻子。虽然对每位亲人的描述只是那么一两句话、几个动作，却让人体会出作者对他们的深沉的爱，读了几乎让人跟作者一同落下泪来。

公安三袁，独抒性灵

不过唐宋派的势力还没法子跟复古派抗衡，这大概因为唐宋派讲道学惹人反感的缘故。真正给复古派沉重打击的，是万历时期的公安派。

公安派代表人物是袁家哥儿仨：老大袁宗道（1560—1600）、老二袁宏道（1568—1610）和老三袁中道（1575—1630）。其中袁宏道成就最高。——因为袁家是湖北公安县人，这一派便叫"公安派"。

三袁反对拿古人的诗文当样板。他们说：如果秦汉人写文章总要模仿"六经"，还会锻造出秦汉文章来吗？盛唐诗人老是模拟汉魏，哪里还会有盛唐气象？时代变了，诗文自然也要变化。"各极其变，各穷其趣"，这才是可贵的呢！一味地模拟古人，那不成了三九严寒还披着夏天的纱衣一样可笑吗？

三袁还提倡"独抒性灵，不拘格套"，说是写文章要能抒发自己的性灵，不要有什么条条框框，要让文章从自己心中流出

袁宏道墨迹

来。文章越是发于自然，便越感人。如果只是卖弄学问，故意搞得深奥古怪，那才是最浅薄的哩！

公安派不但有理论，还有实践。他们的文章大都语言平易，尽量用俗语、说白话，几乎不用典故。"宁今宁俗，不肯拾人一字"，这就是公安派的个性。这跟七子的"无一语作汉以后，亦无一字不出汉之前"，真是针尖儿对麦芒儿！

拿袁宏道的散文《满井游记》做例子吧。满井是北京东郊的一口古井，井水四季不竭。因为离城近，这里也成了城里人早春踏青的去处。其实满井周围不过是一片田野，并没有值得观览的池馆亭台。袁宏道却抓住了春的气息和人的感受作文章，写早春天气的乍暖还寒，写早春的山和水，一切感受都是那么新鲜、和畅，仿佛连鱼儿鸟儿也都带着喜气儿似的！作者就这样，把春天的气息留在纸上，传达到读者的心头。

有人批评袁宏道不关心底层百姓，说他自己也承认"诗中无一忧民字"！（《显灵宫集诸公，以"城市山林"为韵》）——其实他是批评某些人一味拟古，无病呻吟，把"忧君爱国"的严肃话题当成口头语；他自己呢，从不把"忧民"挂在嘴边，可那忧国忧民之情，却蕴含在诗歌深处！

公安派的诗文，给中国文学带来一股清新空气。这一派的影响，一直延续到"五四运动"以后。就是新文化运动的先锋们，也还在提倡"有性灵的文字"呢！

同公安派并肩战斗的，还有个"竟陵派"，它的倡导者钟惺（1574—1624）、谭元春（1586—1637），都是湖北竟陵人。他们在强调抒写性灵的同时，更去追求一种幽凄冷清的意境，作文写诗，爱用怪字、险韵。由于"曲高和寡"，这一派的发展也就有限。

张岱：夜夜西湖入梦来

晚明时代，散文领域刮来一股清风。——从前人们写文章，主张"文以载道"，认为文章不可偏离修身治国等重大主题。然而自公安三袁开始，个人的身边琐事、闲情逸致、牢骚感慨，也都写进文章中来。人们把这种文章称作"小品文"。明末小品文写得好的还有好几位，其中张岱最为引人注目。

张岱（1597—1689）的一生，充满传奇性。他出生在一个仕宦之家，祖上有好几位进士，还出过状元。可张岱对科举功名毫无兴趣。四十岁之前，他一直过着奢华的阔公子生活，爱好极广，照他自己说："好精舍、好美婢、好娈童、好鲜衣、好美食、好骏马、好华灯、好烟火、好梨园、好鼓吹、好古董、好花鸟，

张岱声称"西湖无日不入吾梦中"

兼以茶淫橘虐、书蠹诗魔！"（《自为墓志铭》）

叮就在四十七岁那年，明朝灭亡了。张岱不愿降清，便跑到深山里做了隐士。他布衣草鞋，粗茶淡饭，屋里只有破旧的桌椅和残缺的书砚。可他在精神上仍然活在过去，几乎每夜都梦见明亡前的西湖。于是他写了许多回忆往事的小品文，结成的集子多用"梦"字命名，像《西湖梦寻》《陶庵梦忆》等。

张岱的文笔好极了。小品文这种文体，在他这儿达到了顶峰。翻开他的散文集，风景名胜、世风人情、音乐技艺、古玩器皿、酒肆茶楼，没有他不写的，而且样样写得真实有趣，引人入胜。当然，在怀恋旧日生活时，也时时流露出文士特有的情趣。看看这篇《湖心亭看雪》：

　　崇祯五年十二月，余住西湖。大雪三日，湖中人鸟声俱绝。是日更定矣，余挐（ná）一小舟，拥毳（cuì）

衣炉火，独往湖心亭看雪。雾凇沆（hàng）砀（dàng），天与云、与山、与水，上下一白。湖中影子，惟长堤一痕，湖心亭一点，与余舟一芥，舟中人两三粒而已。到亭上，有两人铺毡对坐，一童子烧酒，炉正沸。见余大惊喜，曰："湖中焉得更有此人！"拉余同饮。余强饮三大白而别。……及下船，舟子喃喃曰："莫说相公痴，更有痴似相公者。"

这简直就是一幅用淡墨点染的"西湖雾雪图"。你看，"长堤一痕""湖心亭一点""余舟一芥""舟中人两三粒"，这几个量词用得多么俏皮！而舟子的喃喃自语，又反衬出张岱这班人不同流俗的审美趣味，如同眼前的西湖，也是那么朦胧淡雅、飘逸超然。

明代最后的爱国之音

跟张岱不同，明末还有一批积极参与政治斗争的文学家。像张溥（1602—1641），是复社的创始人。复社是个带政治色彩的文学社团，他们抨击权贵，讥评时政，声势不小。在文学上，复社属于复古派，拥护七子，反对公安派、竟陵派。

张溥好学不倦，相传他读书先要抄录，抄过后朗诵一遍，随即烧掉，然后再抄，如此六七回。他手指握笔的地方都结了茧。冬天手生冻疮，每天要用热水烫好几回，却依然抄书不止。——他的书斋因名"七录斋"。

张溥的代表作是《五人墓碑记》。这五人是什么人？原来都是苏州普通市民，打头的叫颜佩韦。他们是在反抗大太监魏忠贤的市民暴动中英勇就义的。张溥高度赞扬了这五位义士。

文中说，当魏忠贤专权乱政的时候，那些士大夫干什么去了？而这五位平民义士，从没读过圣贤书，反能激于正义、奋不顾身，这到底是为什么？他们的举动使魏忠贤也感到畏惧，不敢再肆意妄为。后来崇祯皇帝继位，魏忠贤终于自杀身死，这不能不说是五位义士的力量所致啊！——张溥还写过一篇驱逐阉党顾秉谦的檄文，也是那么大义凛然的！

复社成员里，还有陈子龙（1608—1647），明亡后他在松江起兵，坚持抗清，被俘后投水身死。他的诗歌代表作有《小车行》《秋日杂感》等。又善填词，被誉为"重光（李煜）后身"。

陈子龙有个弟子叫夏完淳（1631—1647），十四岁就跟老师一块起兵抗清，就义时也只有十六岁！他在临刑前夜写遗书给母亲，书末说："人生孰无死？贵得死所耳！父得为忠臣，子得为孝子。含笑归太虚，了我分内事。……恶梦十七年，报仇在来世。神游天地间，可以无愧矣！"（太虚：宇宙。）——他所要了却的"分内事"，

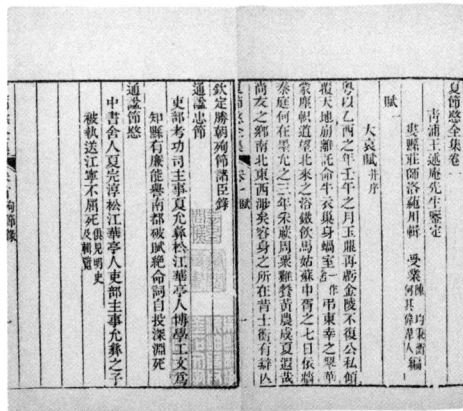

夏完淳《夏节愍全集》书影

就是拯救国家民族啊！

抗清志士里，还有一位张煌言（1620—1664），他在明亡后坚持抗清二十年，最终被俘。他被押解着路过家乡时，家乡人的态度是那么复杂：有人哀怜他的不幸，有人嘲笑他的痴癫，也有人说这样的结局比衣锦还乡还要光彩些！

面对死亡，张煌言一点儿也不后悔，他说："人生七尺躯，百岁宁复延！所贵一寸丹，可逾金石坚。求仁而得仁，抑又何怨焉！"（《被执过故里》）人活百岁总有一死，我丹心不改，追求正义，死得其所，又有什么可抱怨的！——明代的诗歌，也就在这慷慨悲壮的声音里画上了句号。

"异端"文人李卓吾

"明代的诗文就介绍到这儿。不过在结束之前，我还想再提一个人——李贽（1527—1602）。李贽号卓吾，是位文学家，更是思想家。一生官做得不大，后来索性辞了官，到麻城龙潭湖削发为僧，一面讲学，一面著书。他的学生里还有女弟子，这在那会儿可是新鲜事儿。

"李卓吾的思想极端自由，不受传统教条的约束。他最讨厌程朱理学，对儒家大圣人孔子，也说过不敬的话。统治者把他看成眼中钉，给他加上'异端''妖人'的罪名，把他投进大狱。他在狱中宁死不屈，最终夺刀自刎而死。

"在文学上，李卓吾主张'童心说'。什么是童心呢？童心就是赤子之心，是'绝假纯真'的一颗真心。李贽说，有了真心，才算得真人，才能写出好文章来。——三袁的性灵说，其实就是打这儿来的，汤显祖和冯梦龙，也都受到他的影响。

"主张保持童心，自然就反对复古。李卓吾说：诗文何必是古代的好呢？近代的传奇、院本、杂剧、《西厢记》《水浒传》，不都是'古今之至文'吗？那全是'童心'文字，绝不比六经、《论语》《孟子》差！——他是古来第一位把戏曲、小说抬得这么高的文学家。这在当时，可是大胆的见解！

"李卓吾不是说说就完，他还亲自评点了《水浒传》《三国演义》《西游记》以及《琵琶记》《幽闺记》等小说和戏曲。——所谓评点，就是在作品原文的字里行间、天头地脚，写上几句评论家的见解或感受，来帮助读者理解作品含义。

"在李卓吾以后，还出现不少小说评点家，如金圣叹评点《水浒传》，毛宗岗评点《三国演义》，脂砚斋评点《石头记》，都成为中国小说评点中的典范。可是回过头来，还得感谢李卓吾，因为这种中国特有的小说批评方式，正是由他倡导的呢！"

李卓吾墓坐落于北京通州燃灯塔下

历史小说《三国演义》

章回小说，来自"讲史"

"明代文学的最高成就是什么？有人说是民歌，也有人说是八股文，可大多数人认为，应当是白话小说！"爷爷摇摇手中的扇子，慢慢讲道，"白话小说又分短篇的话本小说和长篇的章回小说，明代文人对两者都感兴趣。

"有人专门关注话本小说，不但整理了宋元旧作，还学着写一些新篇目，这就有了'三言''二拍'这类话本小说集。过两天，咱们还要专门聊。

"长篇章回小说的成就更大。——它的前身是说话中的讲史平话。一朝历史长达几十年乃至数百年，历史事件层出不穷，一天当然讲不完，于是说书人卖个'关子'，说'且听下回分解'，引逗你明天再来听，这便形成'章回'体的雏形。

"章回小说短的也有几十回，长的可达一百、百二十回。每回都有个标题，开始是单句的，后来发展为对句。回中故事用白话讲述，中间穿插着诗词韵语，形成韵散结合的特点。——这还是说话艺术讲唱结合、'半春半柳'的老传统呢。

"几部较早的章回小说，如《三国演义》《水浒传》《西游记》……虽然都署有作者名字，如罗贯中、施耐庵、吴承恩，其实这几位只是最后的整理者、写定者。在此之前，这些故事早已在民间流传了上百年甚至几百年，无数民间艺人、底层文人参与了它的创作，那形式有传说、话本、戏曲、曲艺……我们称这种创作方式为'世代累积、大家写定'——这里的'大家'，指的是罗贯中、施耐庵、吴承恩这样的大作家！

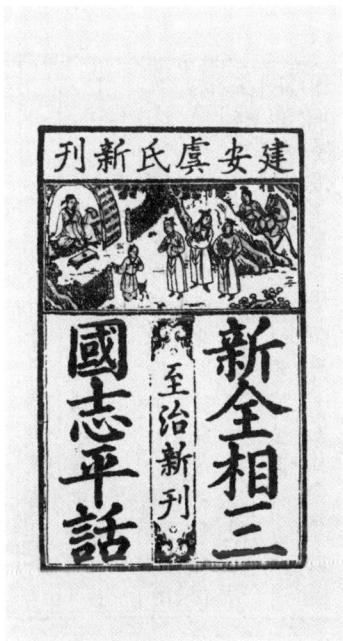

《全相三国志平话》书影

"以上这三部，再加上《金瓶梅》，当时号称明代'四大奇书'，分别代表了历史演义、英雄传奇、神魔小说和世情小说这四种类型——今天先说《三国演义》。"

从王粲到罗贯中：三国故事代代传

《三国演义》最早叫《三国志通俗演义》，大约产生在元末明初。可是说起三国故事的流传，却要早得多。

建安七子之一的王粲曾写过一本《英雄记》，里面记述了刘备、曹操、吕布、董卓等三国风云人物的逸事传闻，这要算是最早的三国传说了。

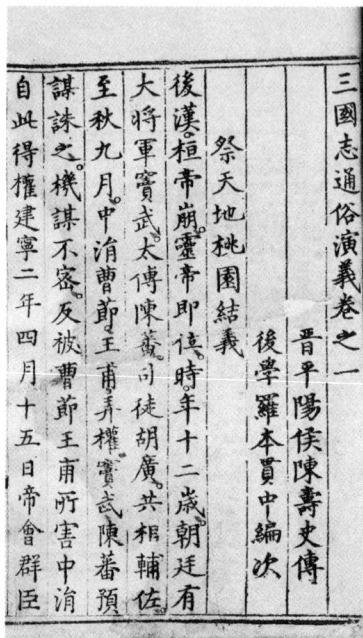

《三国志通俗演义》书影

到了隋朝，隋炀帝观赏民间杂耍时，看过有关曹操和刘备的木偶表演。唐人杜牧、李商隐也都在诗歌里吟咏过三国故事。

宋代苏东坡还记载：里巷小儿淘气，家里往往给几个铜钱儿，让他们去听说话艺人讲三国故事。听到刘备打了败仗，孩子们都皱眉落泪；听说曹操吃了败仗，孩子们又高兴得手舞足蹈！——你看，那时的三国故事已经有了"拥刘贬曹"的鲜明倾向。

三国故事还被编成戏剧。元杂剧里的三国戏，就有四五十种。可是真正印成书的三国故事，要数元代的《三国志平话》为最早——就是前面提到的《全相平话五种》之一。只是这部书写得过于简略，只是那么薄薄的一册。

后来小说家罗贯中（约1330—约1400）在此基础上又参考了晋代陈寿的史书《三国志》，终于写成这部长达六七十万字的《三国演义》。书中多半内容都有真实的历史根据，因此有人说，《三国演义》的特点是"七实三虚"。

罗贯中祖籍太原，本人却长期生活在杭州。传说元末乱世，他雄心勃勃，很想干一番大事业。可后来改朝换代天下太平了，他也便改了主意，开始坐下来编小说。

他编写的小说可真不少，除了《三国演义》之外，还有五代、隋唐等题材的作品。此外，《水浒传》的创作也有他一份功劳，《水浒传》署名就是"钱塘施耐庵的（dí）本，罗贯中编次"——"的本"就是真本的意思。

罗贯中（孙文然绘）

有一点要说明：《三国演义》的创作年代，一般认为是元末明初。可现在能见到的最早刊本，却只有明代嘉靖年间的，题为《三国志通俗演义》，共分二百四十则，文字也与现在的略有不同。到了明末，有人把二百四十则合并为一百二十回。

清康熙年间，毛纶、毛宗岗父子又在明刊本基础上做了润色、加了评语，这就是有名的"毛批《三国》"了。这么一来，书中的人物形象更加鲜明，情节更紧凑，语言也更加流畅，这个本子成了三百年来唯一通行的本子啦。

天时、地利、人和的较量

说到三国，谁都知道那是指东汉末年魏、蜀、吴三个军事政权。其中曹魏占据了中原，蜀汉占据了四川，东吴呢，凭借长江天险，占据江东。这形势，就像古代一种三足祭器——鼎一样，人们把这叫作"鼎足三分"。

古人写历史往往有个坏习气，总爱把胜利者捧得高高的，把失败者踩在脚底下。这叫"成者王侯败者贼"。《三国演义》却不是这样。蜀国虽然是三个政权中最早灭亡的一个，作者却对它抱着极大的同情，把它看成正统。

蜀国的开创者刘备，并没有什么超人的才智和本领，可他有三件法宝。头一件就是他的出身："中山靖王刘胜之后，孝景帝阁下玄孙。"虽然到他这儿，已经沦落到织席子、卖草鞋的地步，但他的血统是"高贵"的，在封建社会里，这就足够了。

第二件，刘备特别爱惜人才。关羽和张飞都是武艺超群、勇冠三军的大将，刘备跟他们结为兄弟，亲如手足。刘备还礼贤下士，三顾茅庐，用诚心打动诸葛亮。有了诸葛亮的辅佐，刘备的事业蒸蒸日上。

第三件，也是关键的一条：刘备为人忠厚仁慈，深得民心。有一回，他领着队伍，带着十几万百姓撤退，宁可冒着被敌人追上的危险，也不愿抛弃百姓。正像小说里评论的，在天时、地利、人和三个条件里，刘备占了"人和"这一条。

刘备几乎是白手起家。开始时，他是各路军阀里提不起来的一位。今天依靠吕布，明天投奔曹操，还在袁绍、刘表的屋檐下歇过脚。直到赤壁大战之后，才有了荆州这块立足之地。后来他又向西扩张，占据西川，终于奠定了蜀汉大业。

刘备死后，诸葛亮兢兢业业扶保后主刘禅，支撑着蜀汉的局面，可是到底没能实现统一的梦想。他终因积劳成疾，死在北伐途中。"鞠躬尽瘁，死而后已"，诸葛亮就这么实践了自己的誓言。——诸葛亮一死，蜀汉事业也跟着完了。

跟蜀汉类似，东吴也属割据政权。吴主孙权继承父兄的事业，凭借长江天险的"地利"，独霸一方。他明白，在这个乱世中，要想立住脚，光靠自己的力量还不够，得跟刘备携起手来共同抗曹才行。赤壁大战就是孙刘两家联合抗曹的一次成功军事行动。两方的统帅周瑜、诸葛亮一同指挥了这次大战役，用火攻的办法，把曹操八十三万人马杀得大败。曹操从此不敢小看吴、蜀，鼎足三分的大势就这么定了局。

可是后来孙刘两家为争夺荆州伤了和气，你攻我伐，消耗了双方的力量。关羽、张飞、刘备也都在对吴作战中相继死去。结果鹬蚌相争，得便宜的却是曹魏。

曹魏集团是"鼎足三分"中最粗壮的那只鼎脚。曹操在十八路诸侯讨董卓时，就为自己树立了威信。后来他乘乱把汉献帝这

根据《三国演义》编绘的连环画封面

个"活宝贝"抢到手，"挟天子以令诸侯"。——刘备的"人和"，孙权的"地利"，在"天时"面前都要甘拜下风了！

靠着军事才能和政治手腕，曹操消灭了北方最大的军阀袁术、袁绍兄弟，又北伐乌桓、西征马腾，终于成了雄踞中原的霸主。

曹操死后，他的儿子曹丕不耐烦再做汉臣，干脆废掉汉献帝，改国号为魏，自己当起了皇帝。——可惜曹操的子孙里净是些无能之辈，没有一个能赶上他们的父祖。结果政权被司马氏篡夺。最终司马氏灭掉蜀、吴，建立晋朝，三国归于一统，小说也就此完结。

关羽是怎样变成"神"的

《三国演义》里有成百上千个人物出现，塑造得有血有肉的，也有几十个。其中有三个人物最有特色，号称"三奇三绝"。那就是关羽的"义绝"、诸葛亮的"智绝"和曹操的"奸绝"。

关羽是个了不起的大英雄。他生得仪表堂堂：身长九尺，面如重枣，丹凤眼，卧蚕眉，五绺长髯足有二尺长。他用的一柄青龙偃月刀，有八十二斤重。

关羽是个义重如山的人。他忠于桃园结义的誓约，不管遇到什么情况也不肯背叛自己的兄弟。徐州之役，他跟刘备、张飞失散了，他保护两位嫂嫂——即刘备妻室，被曹操包围在土山上，迫不得已，只得暂时归顺了曹操。可他跟曹操有言在先：第一，降汉不降曹；第二，要好生看待两位嫂子；第三，一旦得知刘备消息，"不管千里万里，便当辞去"。

曹操一心笼络关羽，三日一小宴，五日一大宴，还不断赠金帛、送美女。可关羽把美女送去伺候嫂嫂，金银也交嫂嫂收存。有一回，曹操把一匹名叫"赤兔"的骏马赠给关羽，关羽再三拜谢。曹操感到奇怪，问他：往日送你金帛美女，并没见你拜谢，今天却是为何？关羽回答得好：我早知此马能日行千里，有了它，一朝得知兄长下落，不是一天就能见面了吗？

终于有一天，关羽得到刘备的消息。他把曹操赠给的金银封好留下，又把官印挂在堂上，来个不辞而别，保护着嫂嫂去寻刘备。一路上，他过五关斩六将，闯过一道道关卡，奔走千里，终于回到刘备身边。这"挂印封金""千里走单骑"的故事，成了老百姓百听不厌的话题。

此外，关羽武艺高强，胆略过人。他曾水淹七军，大败曹魏名将于禁。又曾带一把单刀，率十几个随从深入虎穴，到东吴去赴"鸿门宴"。还有一回，他的右臂中了毒箭。他一面饮酒下棋，一面让医生替他做手术。刀子刮在骨头上"悉悉有声"，旁边看的人都"掩面失色"，关羽却谈笑自若，不能不让人佩服。

可是这位大英雄也有缺点：自高自大，喜欢意气用事。坐镇荆州时，他本应跟东吴搞好关系。可是孙权要跟他联姻，娶他的女儿做儿媳，关羽却说："吾虎女安肯嫁犬子乎！"大大伤害了孙权的感情，吴蜀从此开了战端，关羽也终于战死麦城。

从政治家这一面说，关羽的上述表现确实是缺点。但若从人的角度看，这恰恰是一种自尊自重的大丈夫气度，不但不应该受责备，还应当大加褒扬哩！

金代版画《义勇武安王位》

关羽在民间很有"人缘"，人们对他的义和勇推崇备至。历代王朝加封他为"义勇武安王""关圣大帝"，佛道两教也争着请他去做护法神，称他"伽蓝菩萨""关圣帝君"。今天的商店、酒楼也常供着关公像，他成了百姓、商家的财神爷、保护神啦。

智慧达人诸葛亮

诸葛亮又是另一种典型。他上知天文，下识地理，深通兵法，广有谋略。甚至还能掐会算，通晓阴阳。没出山时，他就看出天下三分的大势头。刘备得到他，真可谓如鱼得水。

在赤壁之战中，他只身过江，说服了东吴君臣，造就了孙刘联盟。表面看，赤壁大战的总指挥是周瑜，其实诸葛亮才是真正的筹划者。他一面协助东吴抗曹，一面还得躲避周瑜的明枪暗箭——小说中的周瑜是个气量狭小的人，嫉贤妒能，总想加害诸葛亮。可诸葛亮却摇着羽毛扇，从容不迫地应付了这一切。

最有意思的是那次草船借箭。周瑜故意为难诸葛亮，要他在短时间里制造十万支箭。诸葛亮呢，直到限期将到，才不慌不忙地向好友鲁肃借来二十条船。他早就掐算好：这天江上有大雾，乘着雾色掩护，船队接近曹营，并擂鼓呐喊起来。曹军不明真情，只好隔雾放箭。——诸葛亮早在船上扎缚了无数草人，等那上面扎满箭，便命军士齐喊："谢丞相箭！"就那么扬长而去。这一回连周瑜也不能不说："孔明神机妙算，吾不如也！"

诸葛亮还会"呼风唤雨"，没有他"借东风"，周瑜的火攻计划就只能是

诸葛亮（张旺绘）

纸上谈兵。到后来，就连老奸巨猾的司马懿，也被诸葛亮的"空城计"骗过了。"安居平五路"和"七擒孟获"，又给诸葛亮的形象增添了传奇色彩。在民间，诸葛亮这个名字，成了智慧与聪明的代名词。

功勋演员曹孟德

在反面人物里，曹操的形象最饱满。他的雄才大略令人点头钦佩，可人们只能说他是个"奸雄"。他阴险诡诈，又极端利己。耍起权术手腕，没人能绕得过他！

有一回，曹军跟袁术作战。因为相拒日久，粮食快要吃光了。

曹操偷偷让仓官王垕（hòu）克扣士兵口粮，好多挨些时日。等士兵抱怨起来，曹操又暗地把王垕唤来，要"借"他的人头安抚众心，并且说："吾亦知汝无罪，但不杀汝，军心变矣。汝死后，汝妻子吾自养之，汝勿虑也。"（汝：你。）你看，曹操的权术有多么厉害！

曹操待人表面热情，内心却常常怀着疑忌。跟袁绍作战时，粮食吃光了。刚好袁绍的谋士许攸来投奔他。曹操连鞋子也来不及穿，光着脚跑去迎接。见面又是拍手，又是下拜。可谈起事关军机的粮食问题，曹操立刻换了一副态度。你听听这段对话：

（许）攸曰："公今军粮尚有几何？"操曰："可支一年。"攸笑曰："恐未必。"操曰："有半年耳。"攸拂袖而起，趋步出帐曰："吾以诚相投，而公见欺如是，岂吾所望哉！"操挽留曰："子远勿嗔，尚容实诉：军中粮实可支三月耳。"攸笑曰："世人皆言孟德奸雄，今果然也。"操亦笑曰："岂不闻'兵不厌诈'！"遂附耳低言曰："军中止有此月之粮。"攸大声曰："休瞒我，粮已尽矣！"操愕然曰："何以知之？"……

这个曹操简直写活了！他一而再再而三地欺骗许攸，每次都做出一副坦白诚实的样子，又是"挽留"，又是"笑"，又是"附耳低言"，简直是位"功勋演员"！

历史上的曹操是位有才干有气魄的军事家、政治家。可《三国演义》把他写成了反面典型。"尊刘贬曹"也就成了《三国演义》的基调。

文不甚深，言不甚俗

三国的历史纷乱如麻，众多势力派别有斗争有联合，相互纠缠，难解难分。罗贯中却有一种本领，能把这团乱麻整理得有条不紊，停停当当。成百次政治、军事、外交的纠纷与较量，都交代得头头是道，几百个人物也都一一有来处、有归宿。

《三国演义》还特别擅长描写战争。大的战役像赤壁之战，前后用了八回篇幅，占全书十五分之一，写得气势宏大，波澜壮阔。小的战斗像关羽温酒斩华雄，同样写得精彩动人。

看看"温酒斩华雄"这一段——董卓手下大将华雄前来挑战，诸侯联军连遭败绩，竟没人敢应战。就在这时，关羽出场了：

……阶下一人大呼出曰："小将愿往斩华雄头，献于帐下！"众视之，见其人身长九尺，髯长二尺，丹凤眼，卧蚕眉，面如重枣，声如巨钟，立于帐前。（袁）绍问何人，公孙瓒曰："此刘玄德之弟关羽也。"绍问现居何职。瓒曰："跟随刘玄德充马弓手。"帐上袁术大喝曰："汝欺吾众诸侯无大将耶？量一弓手，安敢乱言！快与我打出！"曹操急止曰："公路（即袁术）息怒。此人既出大言，必有勇略；试教出马，如其不胜，责之未迟。"……关公曰："如不胜，请斩某头！"操教酾热酒一杯，与关公饮了上马。关公曰："酒且斟下，某去便来。"出帐提刀，飞身上马。众诸侯听得关外鼓声大振，喊声大举，如天摧地塌，岳撼山崩；众皆失惊。正欲探听，鸾铃响处，马到中军。云长提华雄之头，掷于地上。——其酒尚温！

这段文字用笔简练，真正涉及战斗的描写，只有六十几个字，正可谓"惜墨如金"！而《三国演义》"文不甚深，言不甚俗"的文字风格，从这里也可略见一斑。——至于那杯热气未散的酒，则是关羽武艺高超的参证物；有了它，这段描写也变得格外传神，让人过目不忘。

小说原是"奢侈品"

"《三国》里有个张飞，您还没提到呢！"沛沛说。

"真的没顾上说。张飞的个性是再鲜明不过了，他脾气直率鲁莽，疾恶如仇。他认为是错的，不管是上司老爷，还是结义兄弟，他都扬鞭就打、挺矛便刺。三顾茅庐时，诸葛亮装睡不起，张飞焦躁地说：'待我到屋后放起一把火来，看他起不起！'——可后来见诸葛亮有真才实学，又佩服得五体投地。

"在当阳长坂桥上，他大喝三声，吓得曹军大将倒撞下马来！这些带着夸张意味的描写，都给人留下很深的印象。后世小说中还有不少莽汉形象，像《杨家将》里的焦赞、《水浒》中的李逵、《说岳》中的牛皋，很可能都是受了他的影响。

"当然，三国人物的塑造也有不足的地方，例如诸葛亮被过分神化，反而显得不真实。再如一味写刘备的仁厚，有些地方倒让人觉着虚伪。就说长坂坡那一战，赵云出生入死，把刘备的儿子阿斗从乱军中救出。可刘备怎么样呢？他把儿子往地上一摔，说：'为汝这孺子，几损我一员大将！'这显然就不近人情了。因而民间流行这么一句歇后语：'刘备摔孩子——刁买人心！'一点儿不错。

"学者就批评说：'至于写人，亦颇有失，以致欲显刘备之长厚而似伪，状诸葛之多智而近妖；惟于关羽特多好语，义勇之概，时时如见矣。'（鲁迅《中国小说史略》）

"另外有个普遍的误会，不能不解说两句：人们总以为通俗小说是'下里巴人'的读物，是给寻常百姓看的，这想法无疑是太天真啦！《三国》《水浒》《西游》动辄几十万字，无论创作还是出版，都需要大量金钱支持。因而早期的赞助人及出版者，不是王公贵族，就是朝廷衙门！

"就说《三国志通俗演义》吧，最早的刻印者是都察院，那可是明代的中央官署！而早期的《水浒传》是武定侯郭勋刻印的。《西游记》的书稿，则出自某王府。这些书当然不是印给百姓看的，读者应该是士大夫乃至皇帝、后妃！

"以后民间书坊也来投资刻印章回小说，但售价惊人，一部书要二三两银子，相当于一个典史（县公安局长）一个月的工资！读者呢，自然仍是有钱有闲的人，寻常百姓则无福消受！——这么看来，今天的读者真是太幸运啦！"

英雄传奇 《水浒传》

"水浒"究竟啥意思

"一般认为，章回小说《水浒传》跟《三国演义》一样，也是几百年间艺人们共同创作的，属于'历代累积，大家写定'的作品。"说罢《三国》，爷爷今天又来介绍《水浒》。

"爷爷，《水浒传》的作者是施耐庵吧？"沛沛问。

"也对也不对。"爷爷回答，"最早的《水浒传》署名是两个人：施耐庵和罗贯中。罗贯中的名字咱们不陌生，可施耐庵是谁？我们只知他比罗贯中年长，是钱塘（今浙江杭州）人，大概是位说话艺人。'水浒'故事最早是他创写，后来由罗贯中做了整理加工。

"不过也有学者认为，施、罗所作的《水浒传》比较

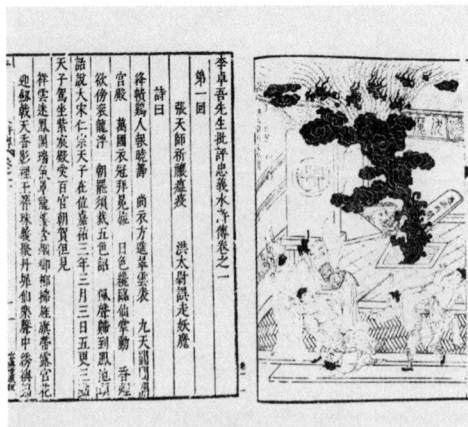

《水浒传》书影

原始粗糙，早已失传。我们今天见到的这部艺术超绝的长篇巨著，是明宣德至嘉靖年间一位大才子加工写定的，可惜他的名字已无人知晓。因而有人建议，不妨就拿'施耐庵'当作《水浒传》作者的代称。"

沛沛又问："历史上好像真有个宋江？"

爷爷说："的确有。他在北宋宣和年间领导了一次农民起义，开始只有三十六人，不过是个'兄弟排'的规模，在山东、河北、淮南一带纵横驰骋，几万官军也对付不了他。

"有个退休官僚叫侯蒙的给皇上出主意，说是可以'招安'宋江，让他去打南方的起义军方腊。据记载，宋江后来真的投降了官军，于是'水浒'故事中便有了受招安、征方腊等情节。

"宋江故事在南宋时流传很广，成了说话的热门话题。宋末元初，讲史话本中有一本《大宋宣和遗事》，讲说北宋的衰亡史，其中有一段就专讲到宋江起义的故事。

"到了元代，戏曲舞台上出了不少水浒戏，前天讲的《李逵负荆》就是其中一种。在杂剧中，宋江手下的头领已扩展到一百零八位，山寨喽啰更是不计其数。作战的方式也变了，由流动作战，变成山寨聚义，地点就在山

施耐庵（孙文然绘）

东济州的梁山泊。"

沛沛还有问题："这书为啥叫《水浒传》呢？"

"这个嘛，从字面上讲，'水浒'就是水边、水岸的意思。不过翻翻典籍，这个字眼儿最早出现在《诗经·大雅·绵》中，是指夹在渭水和漆沮水之间的一片沃土，称作'周原'。周人在这里繁衍生息，发展壮大，起而反抗殷商王朝，终于取而代之，建立了周朝。而小说以'水浒'命名，等于把'强盗'宋江跟反抗暴政的周人正义之师等同起来。——这下你该明白小说命名的深意了吧！"

"替天行道" 说宋江

宋江是《水浒传》的灵魂人物，绰号"呼保义"，又称"及时雨"。本是郓城县的押司，不过是小吏一类人物。可他仗义疏财、济危扶困，在江湖上名声很响。晁盖智取生辰纲后，宋江"担着血海般干系"去晁盖庄上送信儿，使晁盖、吴用等及时逃脱官府的追捕，从这儿可以看出，宋江是怎样地忠于朋友。

宋江有个外室（相当于妾）叫阎婆惜，她偷了晁盖寄给宋江的书信，借机敲诈宋江，结果被宋江一怒之下杀掉了。后来官府捕获宋江，把他发配到江州。在那儿，宋江又醉题反诗，被判死刑。幸亏梁山好汉闻讯赶来，劫了法场，宋江这才上了梁山。晁盖死后，宋江挑起"替天行道"的大旗，坐了忠义堂第一把金交椅。

不过从这一天起，宋江便存了接受招安的心思，几经周折，终于率领义军接受了朝廷的招安。——有人因此批评宋江是葬送起义大业的罪人。其实他不知道，"水浒"故事最早是在南宋时

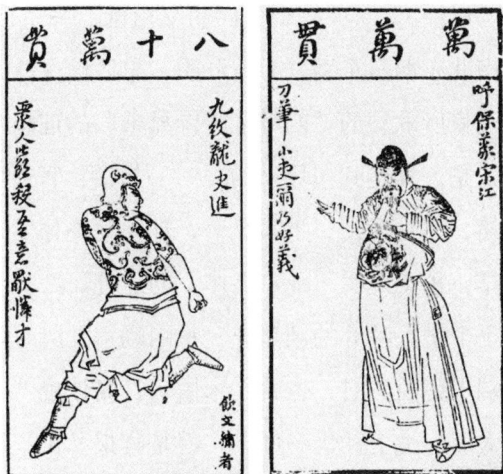

明陈洪绶将梁山人物绘在纸牌上

创作流传的，那会儿正是宋金交战的年月。由于外族入侵，许多汉族造反者纷纷改变立场，掉转枪尖跟女真人作战。在那一时刻，接受朝廷"招安"成了顺应民族大义的历史潮流。

当时的民间抗金武装全都打着"忠义"的旗号，号称"忠义民兵""忠义人"，他们的营垒叫"忠义山水寨"。《水浒传》渲染宋江受招安，便跟这一史实有关。"忠义"二字在那一时刻有着特殊的含义。因而最早的《水浒传》叫《忠义水浒传》或《忠义传》；而宋江当上梁山寨主，头一件事便把"聚义厅"的牌匾改为"忠义堂"，也正是这个缘故。

谁把林冲逼上梁山

梁山好汉来自五湖四海，书中有一篇韵文形容山寨气象说：

"八方共域，异姓一家。……千里面朝夕相见，一寸心死生可同。相貌语言，南北东西虽个别，心情肝胆，忠诚信义并无差。……"这也正是小说家所歌颂的"四海之内皆兄弟"的理想图景！

这许多人是怎样走到一块来的呢？一句话：官逼民反！《水浒传》一开篇，不写宋江，不写晁盖，却先写高俅发迹变泰的故事。这样安排，正要说明"乱自上作"的道理。

高俅本是个遭人唾弃的破落户，只因踢得几脚好球，被端王收为亲信。端王继位为君，也就是宋徽宗；高俅也"鸡犬飞升"，当上殿帅府太尉。他上任头一件事，就是官报私仇，逼走八十万禁军教头王进。接着，林冲也遭到了他的算计。

《水浒传》插图

林冲上山的过程，是"官逼民反"的最好例证。林冲也是八十万禁军教头，是官军中很受信任的中级军官。他有贤惠的妻子、美满的家庭。可一次林冲偕妻子到岳庙进香，刚好碰见高俅的干儿子高衙内。那家伙见林冲妻子容貌美丽，便上前调戏；接着又为霸占她，跟爹爹高俅设下毒计，要把林冲置于死地。

这天，林冲在街上

买到一把宝刀。第二天，就有人唤林冲带刀入府，拿给高俅比看。林冲随来人一直走到殿帅府深处，高俅突然出现了，他质问林冲：这里是军机重地白虎节堂，你未经传唤、带刀入府，莫非是来行刺本官的吗？林冲有口难辩，就这样吃了官司，被发配沧州。

高俅又买通解差，准备半路上杀害林冲。幸亏林冲的朋友鲁智深一路暗中保护，在野猪林救了他的性命。林冲却没有醒悟，他还想着在沧州熬过刑期，回家跟妻子团聚，过安稳日子哩！

最终是草料场的一把大火，使林冲如梦方醒。他亲耳听到高俅爪牙的毒计：打算烧死他，再捡几块骸骨到高俅面前报功。然而"老天有眼"，大雪压塌了林冲的草屋，林冲此时正在山神庙里避雪呢！一向逆来顺受的林冲再也忍不下这口恶气，他怒喝道："杀人可恕，情理难容！"冲出庙门，戳死三个恶人，然后冒着漫天大雪，投奔梁山而去。

林冲就这样从一个安分守己的军官，变成了占山落草的"强盗"。作者把这个变化过程描写得真实而可信，使读者从活生生的人物身上，明白了"官逼民反"的道理。

晦气满脸青面兽

杨志跟林冲又不同。林冲的人生哲学是能忍自安、随分守命，杨志却一心想往上爬。他本是"三代将门之后、五侯杨令公之孙"。他出场时，正因失落了花石纲而丢了官。接着又因复官不成，被困东京，无奈只好把祖传的宝刀拿到街市上去卖。有个绰号叫"没毛大虫"的泼皮牛二要强夺他的宝刀，被他一怒之下当街杀死。杨志也因此吃了官司，被发配到北京（今河北大名）。

不料这一来却因祸得福：北京留守梁中书看中了他，提拔他做了军官，并委以押解生辰纲的重任。尽管杨志兢兢业业，小心谨慎，采取了一切防范措施，生辰纲还是被晁盖、吴用一伙好汉劫去了。就这么，杨志指望"把一身本事，边庭上一枪一刀，博个封妻荫子"的好梦成了泡影。他的眼前，只剩下上山落草这条道儿。

杨志绰号"青面兽"，缘自他脸上有"老大一搭青记"，一出场就显得满脸晦气。有人说，他天生就是个悲剧英雄啊。

《水浒传》不但善于塑造人物，还擅长铺叙场面。像"智取生辰纲"那场戏，作者分两条线索缓缓写来。一边是晁盖得到梁中书运送生辰纲的消息，聚集了七八条好汉，筹划着半路去劫夺；另一边是杨志一心想立功受赏，使出浑身解数，押解生辰纲小心上路。就这样，两拨人在黄泥岗松林里碰了面。

晁盖采用虚虚实实的手法，真戏假做，终于瞒过杨志警惕的眼睛，骗他们喝下掺了蒙汗药的酒，连杨志自己也被麻翻在地，眼睁睁看着晁盖一伙劫了十万贯财宝扬长而去。这一场戏，真演得扣人心弦、引人入胜！

"禅杖打开危险路"

鲁智深俗名鲁达，也是军官出身，可他的上山道路，跟林冲、杨志又有不同。他是个性格豪迈、疾恶如仇的关西大汉，做事从不思前虑后，只凭着一腔正义去杀杀打打。一天在酒楼上，他听歌女金翠莲哭诉不幸，便气得晚饭都吃不下。第二天天一亮，他就赶去为金翠莲报仇。他先到客店，放走了被软禁的金氏父女，又奔状元桥找号称"镇关西"的郑屠算账。

他先让欺负金氏父女的郑屠亲手把十斤精肉细细剁成"臊子"，接着又让他剁十斤肥肉和十斤软骨。直搞得郑屠不耐烦起来，问他一句："却不是特地来消遣我？"鲁达便瞪起眼睛回答他："洒家特的要消遣你！"并把两包臊子劈脸打过去，"却似下了一阵肉雨"。郑屠再也按捺不住怒火，抢过一把尖刀，先动起手来。鲁提辖早已站在街心等着他呢！他按住郑屠伸过来的手，"赶将入去，望小腹上只一脚，腾地踢倒了在当街上……再入一步，踏住胸脯，提起那醋钵儿大小拳头"，只三拳，结果了恶霸郑屠的性命！

鲁达这一脚三拳，实在大快人心！可他自己却因此失去了军官的禄位，落得有家难奔、有国难投，只好上五台山当了和尚。——"拳打

鲁提辖拳打镇关西（王叔晖绘）

这段故事里表现得淋漓尽致。

做了和尚的鲁达（法名鲁智深），性格依然那么率直、纯真。寺院里的清规戒律，对他毫无约束。他照样地喝酒吃肉，酒足饭饱便倒在僧榻上呼呼大睡。还有几次，他醉中打塌了半山的亭子，打坏了山门的金刚，还把满寺的和尚打得"卷堂大散"。——读者读到这儿，只是感到开心、痛快，好像他替人们出了一口气似的。

"禅杖打开危险路，戒刀杀尽不平人"，封建社会受压抑的百姓，时时盼着这样的豪侠英雄出现呢！

鲁智深又很讲义气。他跟林冲的友谊，称得上生死之交。这两人的性格截然相反，又相互映衬，给人留下鲜明的印象。如此生动的形象，在以前的文学作品里还极少出现。

打虎英雄，做事糊涂

智取生辰纲是人与人斗，武松打虎却是人与兽斗。人打老虎，有谁看见过？可作者却凭着想象，把那场面写活了。像这一段：

> ……武松将半截棒丢在一边，两只手就势把大虫顶花皮胳胳地揪住，一按按将下来……那大虫咆哮起来，把身底下扒起两堆黄泥，做了一个土坑。武松把那大虫嘴直按下黄泥坑里去。那大虫吃武松奈何得没了些气力。武松把左手紧紧地揪住顶花皮，偷出右手来，提起铁锤般大小拳

头，尽平生之力，只顾打……

清代有位老先生读到这儿曾提出疑问说：我按住一只猫，尚且被它抓得两手鲜血淋漓，一只斑斓猛虎，怎么会老老实实让你降伏？其实他不懂，文学的真实跟生活的真实是有区别的。为了夸张武松的神勇，作者自不妨虚拟故事！

不过《水浒传》也有不足之处，像武松的故事，整整占了十回的篇幅，写得够精彩。但从人格的角度看，武松却远远比不上鲁智深。武松替兄报仇，杀了嫂子潘金莲和恶霸西门庆，本来情有可原。可是后来他替施恩抱不平，醉打蒋门神，杀了张都监一家十五口，连张家的马夫、丫鬟都不放过，就该说"滥杀无辜"了。

施恩又是什么人？他本是孟州牢城营长官的儿子，依仗着爹爹的官势，在快活林称霸，过路的妓女以及快活林的"众店家、

武松打虎（张旺绘）

赌坊、兑坊"，都得按月向他交纳"保护费"，一个月总有二三百两银子的收入。——施恩的身份，其实就是"黑社会老大"啊！

后来蒋门神仗着张团练的势力夺了快活林，断了施恩的财路，施恩这才结交武松，借这位打虎英雄的力量来报仇。这么一看，武松不过是充当打手，替这一个恶霸去打那一个恶霸罢了。在这件事上，他的人格，实在并不比蒋门神高多少。

此外，《水浒传》中对待妇女的态度也不大对头，在有限的几个妇女形象中，淫荡不贞的倒占了三四位。几位正面女性，像孙二娘、顾大嫂，一个绰号"母夜叉"，一个绰号"母大虫"，全都野蛮粗鲁，不像女人。

这也难怪，《水浒传》基本属于市民文学，沾染一些落后意识，在所难免。然而重要的是，在封建社会内部，竟会产生出这样一部反抗官府的小说来，它的伟大，还用多说吗？

大破连环马（墨浪绘）

白话经典，版本复杂

从另外的角度看，《水浒传》在语言上也堪称典范。它完全用接近口语的白话写成。现在看起来，这似乎没什么了不起。可是要知道，那时的文坛是文言文的天下，写成文字的东西，很少不带"之乎者也"的。而一部几十万字的长篇小说，完全用通俗洗练的口语写成，又运用得那么纯熟，这不能不说是一大奇迹！

关于《水浒传》的版本，还有必要补充几句。现在流行的《水浒传》版本有三种：一百回本、一百二十回本和七十回本。

百回本是最早的版本。书中前七十回，写一百零八位好汉从四面八方陆续上山；到第七十一回的大聚义、排座次，算是告一段落。这以后的十一二回，写宋江带领众好汉两赢童贯、三败高俅。朝廷看镇压不行，就来软的一手。于是宋江全伙接受招安。

最后十几回中，写宋江等人被朝廷派去打

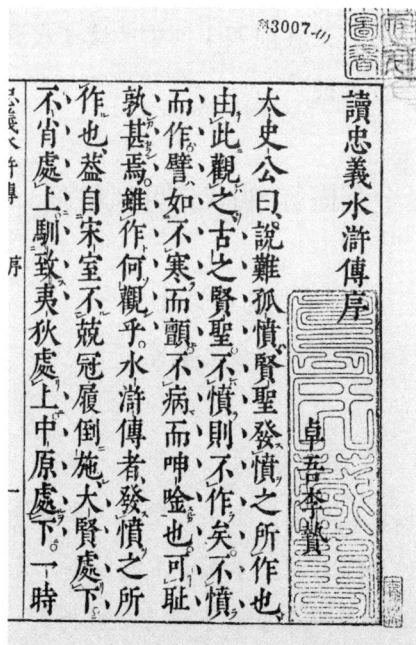

《忠义水浒传》书影

辽国、征方腊。众多好汉都死在征方腊之役中。只有宋江等少数几个头领，因征讨有功而封官受赏，但不久也死的死、散的散，宋江就是让奸臣用药酒害死的。全书就在悲剧气氛里收了尾。

比百回本略迟的是一百二十回本，里面在征方腊之前，又增添了征田虎、征王庆的内容。到了明末，有个叫金圣叹的才华横溢的文人，见《水浒传》七十回以后的内容又拖沓又平淡，就一刀把后面的内容砍去，只将前七十回加上批语，拿来刊印，假托是"贯华堂古本"，又称"第五才子书"。这个七十回本，一度成为最流行的本子。

从艺术上看，《水浒传》前七十回的水平最高。更准确点说，前四十几回最好看。林冲、鲁智深、宋江、杨志、武松的故事，全都记录在前四十回中。读《水浒传》，千万不要错过这些最精彩的片段。

《金瓶梅》：明代市井风俗画

"爷爷，您昨天说，《水浒传》属于'英雄传奇'，可宋江起义也是真实的历史事件，干吗不把它归入'历史演义'呢？"沛沛不解地问。

"是这样，《三国演义》中的大半人物事件都有历史根据，人们因此说它'七实三虚'；《水浒传》呢，它的情节虽然也有历史的影子，却基本属于虚构故事，连'三实七虚'也够不上。——至于另一部章回小说《金瓶梅》，是从《水浒传》武松杀嫂故事中衍生而出，就纯属文学虚构了。"

"《金瓶梅》是一本坏书吧？"

"不能这样说，"爷爷摇头说，"《金瓶梅》是一部主旨很复杂的小说，很难用好、坏来做简单判断。书中借口写宋代故事，反映的却是明代的历史风貌。书中的男主角西门庆是个开药铺的商人，他心思诡诈，手腕狠毒，靠着祖上的遗产及妻妾的嫁妆，接连开了当铺、绒线铺、绸缎铺。还结交官府，欺压良善。以后又贿赂当朝权奸，当上提刑官，集商人、官员、恶霸于一身，成了山东首富！——但终因纵欲过度，过早死去。家中也'树倒猢狲散'，落得一场空！

"西门庆是明代中后期新兴商人的代表，他乘着商品经济的大潮，呼风唤雨，为聚敛财富而不择手段，坏是坏到了极点；但在他身上又有一股按捺不住的欲望和力量，正是这股欲望，促使他疯狂攫取，也最终毁掉了自己！

"至于西门庆周围的人，也都各具特色。尤其是女性，言谈举止，脾气禀性，都描摹得细致入微，栩栩如生。西门庆妻妾众多，可他最宠爱潘金莲、李瓶儿和丫鬟春梅——书名《金瓶梅》便是从这三人名字里各摘一字凑成。

"读《金瓶梅》，简直像在浏览一幅明代中叶的世情风俗画。只是作者把那个社

《金瓶梅》中的潘金莲形象（张光宇绘）

167

会写得太黑暗了，没有一线光明和希望；书里还掺杂了一些情色描写，这使它的价值受到影响。——青少年读者还是不看为好。

"其实，这书在中国文学史上的地位和影响还真不能低估呢。

"以往的小说，像《三国演义》，写的是高高在上的帝王将相；《水浒传》呢，虽然离百姓近了些，但主人公依然是一群'超人'；至于《西游记》写神佛妖魔，跟生活的距离就更远。只有《金瓶梅》，专写市井生活，通过一件件生活琐事塑造出一群活生生的人物来，开启了'世情小说'的门类，这跟现代小说形态已十分接近。后来的《醒世姻缘传》《儒林外史》乃至《红楼梦》，便都从《金瓶梅》中得到过启示呢！

"再有，《金瓶梅》之前的《三国》《水浒》《西游》，创作过程全都长达几个世纪，属于'世代累积，大家写定'的模式；《金瓶梅》却是由一位作家在相对较短的时间内单独完成的。尽管作者'兰陵笑笑生'至今不知是谁，但他开创了文人作家独立创作长篇小说的先例，为后来《儒林外史》《红楼梦》的创作蹚出一条新路，我们不能不在小说殿堂上为他保留一把'金交椅'呢！"

神魔奇书《西游记》

明代小说，还有不少

"明代嘉靖、万历年间是小说兴盛的时代，除了常说的'四大奇书'之外，还有不少历史演义、神怪小说、公案小说涌现出来。

"这会儿的历史演义，大都模仿《三国演义》，用浅易的文言演说历史故事。有名的像余劭鱼的《列国志传》、熊大木（约1506—约1579）的《唐书志传通俗演义》《南北两宋志传》和《大宋中兴通俗演义》等等。

"这几部小说听起来陌生，但根据它们再创作的小说，我们却很熟悉。像清初的《东周列国志》，就是从《列国志传》演变来的；《隋唐演义》和《说岳全传》，分别来自《唐书志传通俗演义》和《大宋中兴通俗演义》。最受欢迎的《杨家将演义》，其实就是熊大木的《北宋志传》。书中叙述了杨家将的故事：幽州大战啦，杨令公碰死在李陵碑啦，杨六郎把守三关啦，十二寡妇征西啦，都是我们熟悉的。杨令公、杨令婆（佘太君）、杨六郎、穆桂英，是这个英雄家族的代表人物，孟良、焦赞两个草莽英雄，也写得十分可爱。

"公案小说最著名的有李春芳的《海刚峰先生居官公案传》。海刚峰就是大名鼎鼎的清官海瑞。全书七十一回，每回讲一个断案故事。到了清代，又有《大红袍》和《小红袍》，就是根据它改编的。安遇时的《包龙图判百家公案》也差不多是这种情况。不用说你也知道，包龙图就是包公。

"明代中叶，道教、佛教盛行，神怪小说也应运而生。最有名的是《封神演义》，其次有吴元泰的《东游记》、余象斗的《南游记》和《北游记》、罗懋登的《西洋记》等。——可不管哪部神魔小说，都带着《西游记》的影响痕迹，又没有一部比得上《西游记》的。不错，咱们今天正要谈谈这部伟大的神话小说！"

《西游记》的由来及作者

以前，人们认为《西游记》是元代一位名叫丘处机的道士写的。可是经过学者的考证，弄明白原来有两部《西游记》。丘处机的这部同名作品，是这位道教领袖西行万里去阿富汗拜见元朝皇帝忽

吴承恩像

必烈的纪实文字，而神魔小说《西游记》的作者应当是明代的吴承恩。

吴承恩（1500—1582）是江苏山阳（今江苏淮安）人。爹爹是个绸布商人，却喜欢读书览史，爱发议论。吴承恩从小聪明好学，读书很多，只是一生科举不得意，到四十三岁才补了个岁贡生。由于穷，也曾当过一阵子县丞，当时的县令，正是那位唐宋派的代表作家归有光。由于吴承恩性格倔强，不肯为五斗米折腰，不久便辞官还家，依旧过他的穷日子。

以后他还到湖北荆王府做过"荆府纪善"的官儿，那应是王爷府里的家庭教师。至于《西游记》作于何时，已不得而知。其实跟施耐庵写定《水浒传》一样，吴承恩也只是《西游记》的最后写定者。在这以前，唐僧取经的故事早就在民间流传啦！

说起来，历史上还真有唐僧这个人。他俗姓陈，法名玄奘（zàng，602—664）。唐太宗贞观三年（629），年轻的玄奘独自一人到天竺——也就是今天的印度去取经。他跋山涉水，穿越沙漠，历时十七年，取回梵文佛经六百五十七部。

玄奘的经历和见闻真是太特殊了：旅途的奇遇、异国的风光，对一般人有着极大吸引力。后来由玄奘口述，他的徒弟记录，写成

玄奘西行求法图

一部《大唐西域记》，另外还有一篇《大唐大慈恩寺三藏法师传》。为了宣扬佛法和歌颂师傅，里面不免有所夸张，还掺入一些宗教神话。就这么，唐僧取经的故事从一开始就带上了神话的色彩。

我们现在还能看到一部南宋刊印的说经话本《大唐三藏取经诗话》，篇幅不长，情节简单，描写也粗糙。可里面已经出现了猴行者，还有个深沙神，那显然就是孙悟空和沙和尚的雏形。只是可爱的猪八戒还没出现。唐僧的形象也跟后来的不一样，路过王母池时，他还一再撺掇猴行者给他偷个桃子吃呢！

元末明初，一部更完整的《西游记平话》产生了。在残存的《永乐大典》里，还保存了它的片段。看那情形，吴承恩的《西游记》，就是根据这部平话加工扩写而成的。

至于五代、宋元的壁画、戏曲等，也都有取材于唐僧故事的。金院本里有一本《唐三藏》，元杂剧里有一本《西天取经》，明初杨景贤作的《西游记》杂剧，足足有二十四折，要连演几天！

西安大慈恩寺大雁塔。此塔最初由玄奘主持修建，用以收藏取回的佛经，后屡经改建

原来是部"猴王传"

吴承恩的《西游记》就是整合前人的唐僧取经故事创作而成的。不过他可不是修修补补，而是重起炉灶！

《西游记》共一百回，从内容上看，可以分为三部分。前七回是一部"猴王传"，从石猴出世写起，叙说孙猴子海外学道、大闹天宫的不凡经历。第二部分最短，从第八回到第十二回，写唐僧的身世以及取经的缘由。第三部分最长，由第十三回直到第一百回，写孙悟空皈依佛门，跟猪八戒、沙和尚一同保着唐僧去西天取经，一路上跟妖魔鬼怪及险恶的自然环境做斗争，历经九九八十一难——实际只有四十一个降魔故事，终于取回真经。师徒四人也都成了"正果"，连那匹白龙马，也升格为八部天龙！

你一看就明白，这部《西游记》的主人公，已经不再是唐僧，而是孙悟空！有学者说得好：《西游记》其实就是一部"猴王传"！

孙猴子没爹没娘，是从一块仙石里蹦出来的。他先在花果山当猴王，后来又访道寻师，跟着须菩提祖师学了一身好本领，会七十二般变化，又能翻"筋斗云"，一个筋斗十万八千里！

这以后，猴王去龙宫借宝，寻得一条一万三千五百斤的"如意金箍棒"做兵器，更是所向无敌。他还大闹阴司，勾了生死簿，从此长生不老！

玉皇大帝把他召上天宫，封了个"弼马温"的官儿，专管天上的御马。猴王嫌官儿小，反下花果山去，自封为"齐天大圣"，要跟玉帝平起平坐。玉帝派了天兵天将去讨伐他，被他打得大败。玉帝只好再请他上天，封了个"齐天大圣"的虚衔，其实只是叫他管管蟠桃园。

蟠桃园的仙桃九千年一熟，吃一个可以与天地齐寿。猴王"近水楼台先得月"，吃了个饱。后来他见玉帝和王母娘娘不把他当回事儿，便又大闹蟠桃会，偷喝了御酒，又偷吃了老君的金丹，逃回花果山。

大闹天宫逞英雄

玉帝再次动员天界的力量去讨伐他，还请来二郎神助战，总算把他捉住了。可是猴王不怕刀砍斧剁、雷打火烧。太上老君把他投进八卦炉中，烧炼了七七四十九天，猴王不但毫发无损，反而炼就一双火眼金睛。

他跳出八卦炉，手执金箍棒，大闹天宫，搞得玉帝手足无措，只好请来西天如来佛。——猴王的筋斗云翻得虽远，却又怎能翻出如来佛的手心儿？最终他被如来反手一扣，压在五行山下。这一压，就是五百年。

五百年后，唐僧把他从五行山下救起。从此猴王一心一意跟着唐僧去西天取经，成了唐僧的保护神。没有他，唐僧简直寸步难行。

可以说，孙悟空是中国文学中独一无二的神界英雄。他性情高傲，天不怕地不怕，天上地下一切秩序和权威，他都不看在眼里。他总是那么精力十足、斗志旺盛，把"犯上作乱"当作了乐

大闹天宫的故事被拍成动画片

子，敢跟玉帝说："皇帝轮流做，明年到我家！"

可对待师傅，他却又秉承了"一日为师，终身为父"的儒家教导，尊重呵护，始终如一。此外，他疾恶如仇，对一切妖魔鬼怪、邪恶势力，不彻底打垮，就决不罢手！

孙悟空还有个"三位一体"的特征。你看，他是个人，能说会道，机智聪明，好开玩笑，很有人情味儿。他又是个猴子，长着满身毫毛，一副雷公脸，"罗圈腿，拐子步"，动作敏捷，性情急躁，这些都是猴子的特征。他又是位神仙，神通广大，法力无边，变化无穷。总之，他身上的人性让人感到亲切，猴性让人看着有趣，神性呢，又令人觉着新奇。这样一个活泼泼的文学形象，谁能不喜爱呢？

对了，关于孙悟空的来历，学者们还有过一番讨论。有人说，当年玄奘取经时，曾有个叫石盘陀的向导为他带路，孙悟空

印度古迹石刻上的哈奴曼像

便是他的化身。也有人说，唐传奇中有个叫无支祁的水怪，长得缩鼻高额，金目雪牙，状若猿猴。它应该是孙悟空的原型。

也有人说孙悟空不是中国"土产"，是由印度输入的。印度史诗《罗摩衍那》中有个神猴哈奴曼，它曾大闹魔宫，帮助十车国王子摩罗夺回王位，这神猴应该就是孙悟空的前身。于是有人出来"和稀泥"，说孙悟空是个"混血猴"，身上既有石盘陀、无支祁的血液，又有哈奴曼的遗传。这些讨论，都怪有意思的。

师傅、师弟成陪衬

跟孙悟空一比，唐僧简直是个"脓包"。一路上遇到困难，只会惊慌落泪。他耳软心活，一味"行善"；却又肉眼凡胎，分不出好歹，常常保护了妖怪，反而对孙悟空变颜变色，念紧箍咒去挟制他。

"三打白骨精"的故事，最能表现出师徒间这种差别来。白骨精头一回变成个"月貌花容"的女孩儿来哄骗唐僧，被悟空看破，一棒打跑。妖精又变作年满八旬的老妇人，假装来寻女儿，又被悟空打跑。唐僧怎么"感谢"悟空的保护呢？——每一回都念一通紧箍咒！

第三回，妖精变作老公公，来寻女儿和婆子。悟空唤来土地和山神助阵，总算把妖精打杀了。妖精现了原形，竟是一堆白骨。可唐僧仍不醒悟，只说悟空一连打死三条人命，写了一纸贬书，把他赶走。

后来唐僧遭遇黄袍怪，被困宝象国，八戒没办法，只好到花果山去请悟空。最终还是悟空降伏妖魔，救了唐僧。唐僧也不得不说："贤徒，亏了你也！亏了你也！……你的功劳第一。"谢个不住。

孙悟空三打白骨精（赵宏本、钱笑呆绘）

猪八戒是个什么形象呢？他长嘴大耳，模样像猪；贪吃喜睡，行动蠢笨，习性也像猪。连他的兵器，也是支笨重的大钉耙。他也会变化，但大多是变石块、变土墩、变大象、变骆驼什么的。若是变个女孩儿，也只能变个大肚子的蠢丫头，还得靠孙悟空吹口仙气，才变得灵巧些。

猪八戒有许多小毛病，像贪小便宜啦，嫉妒啦，偷懒啦，还爱撒个谎、说人几句坏话。他常耍小聪明，自以为得计，可往往弄巧成拙，自己反倒吃了苦果儿。

这回三打白骨精，猪八戒就在师傅面前说了悟空不少坏话，导致悟空被赶走。可是八戒的心地还是善良的，一路上挑担开路，帮师兄打妖精，着实出了不少力。就是这一回，也还多亏他请回师兄，降伏了妖怪，也算是将功补过吧。取经路上有了八戒，真是热闹了许多。

义激美猴王（赵宏本、钱笑呆绘）

四个人里，沙僧的形象似乎不那么突出，可他寡言少语、忠厚朴实，不时调解悟空和八戒的矛盾，同样是不可或缺的。

不过总的说来，师傅、师弟在小说中起着配角作用，在他们的陪衬下，更显出孙悟空的盖世无双、不同凡响！

讽刺犀利，想象奇崛

不少研究者认为，《西游记》虽然是写神话，可里面却反映着封建社会的种种现实。像天上的玉皇大帝，跟人间的帝王有什么两样？他对孙悟空又欺骗又镇压，就像人间帝王对待反抗的百姓一样。

另外，取经路上的妖魔鬼怪，总是跟神仙佛祖有牵连。那个凶恶的黄袍怪，本身就是天上神将。金角大王、银角大王则是太上老君的两个小童。九头狮怪呢，原来是救苦天尊的坐骑。——妖怪总跟神佛沾亲带故，这大概也是对人间类似现象的讽刺吧。

唐僧师徒还经历了几个人间国度，像车迟国、比丘国、灭法国等。这些人间国度，大都"文也不贤，武也不良，国君也不是有道"。

就说车迟国国王吧，他宠信道士，把三个披道袍的妖怪尊

车迟国斗法

为"国师兄长先生"，真是可笑得很。比丘国国王想长生不死，竟听信道士的"秘方"，要拿一千一百一十一个小孩子的心肝当药引子，太残忍了！灭法国的国王更残酷，竟发愿要杀一万个和尚。——明代嘉靖皇帝就是个崇信道教、贬抑佛教的人间帝王，《西游记》里这些描写，很可能就是讽刺这位昏庸的皇帝老子呢！

《西游记》有个最大的

特点，便是想象丰富而奇特。就说孙猴子的神通吧，既能三头六臂、顶天立地，又能变成个蟭蟟（jiāoliáo）虫，附在茶叶上，钻进铁扇公主肚子里，还要翻跟头、竖蜻蜓。

妖魔们也都千奇百怪。象精善用鼻子卷人，狮魔一张嘴就能吞下十万天兵，耗子精们住在"陷空山无底洞"。蜘蛛精更有意思，他们个个会用肚脐眼吐丝，而且每个蜘蛛精都有一个干儿子：蜜蜂啦、蚂蚁啦、班螯啦、蜻蜓啦……这些想象奇特是奇特，却又都合情合理，并不让人觉着荒诞。

书中还有神奇罕见的环境、奇特好玩的物件。像流沙河，一眼望不到边，足有八百里宽，鹅毛、芦花也漂不起——这其实说的是大沙漠。火焰山的热劲儿更甭提，"有八百里火焰，四周寸草不生，若过得山，就是铜脑盖、铁身躯，也要化成汁哩"。

孙悟空和铁扇公主（张光宇绘）

通天河畔晾真经（清佚名彩绘）

至于悟空的兵器如意金箍棒，本是海底的定海神珍铁。迎风一晃，碗口粗细；不用时变成根绣花针，便可藏在耳朵里。五庄观里的人参果，活像"三朝未满的孩儿"，"闻一闻，就活三百六十岁，吃一个，就活四万七千年"，习性也特别："遇金而落，遇木而枯，遇水而化，遇火而焦，遇土而入"。——这些神奇的特性，亏作者怎么想出来的！

语言诙谐，自成一格

《西游记》的基调诙谐幽默、轻松而又活泼。你看，主人公孙悟空就总是那么乐观，没什么事能让他犯愁的。他跟观音开玩笑，说她"一世无夫"，还戏称如来是"妖精的外甥"。给朱紫国国王治病，他用马尿和成药丸叫他吃……

有几回，他跟师傅陷入绝境，在生死关头，也没忘记开句玩笑，来一点儿恶作剧。猪八戒的蠢笨更是引人发笑。只要这一对师兄弟出场，气氛就总是那么活泼热烈。

照理说，取经路上妖魔成群，该是一条恐怖之路。可没人读《西游记》会感到沉重。有的学者因此认为，《西游记》的主题是一种"玩世主义"。鲁迅也说过,《西游记》"实不过出于作者之游戏"。

还有研究者分析说:取经路上的妖魔,大多以动物为原型,如象、狮、虎、豹、熊、牛、狐、兔、大鹏、金鱼、蜘蛛、蜈蚣……一部《西游记》,展示的就是不折不扣的"动物世界"啊!而动物是孩子的最爱,哪个小朋友听说去动物园不欢欣鼓舞呢?明白这一点,也就清楚《西游记》为啥受孩子欢迎了:作者依照儿童心理讲故事,听者哪怕是成年人,也会童心萌发,跟着体会一把童年的快乐!

《西游记》幽默轻松的基调,有一大半得归功于它的语言。虽然那也是白话,却别具一格:跳荡的语句,诙谐的对话,还掺杂着方言俚语,读着读着,有时让人不禁笑出声来。

《西游记》写得非常成功,大概在吴承恩活着时已大受欢迎。现在能见到的最早的版本是明代万历年间的金陵世德堂本——那时候距吴承恩之死,只有十年。

江苏淮安吴承恩故居

《封神演义》，难以比肩

沛沛见爷爷打住话头，又忙问："您刚才还提到《封神演义》，那是本什么书呢？"

"《封神演义》也是神魔小说，作者许仲琳（约1560—约1630）是万历时人。小说的前身，就是元代话本《武王伐纣平话》。

"纣王是殷商王朝的最后一位君主，相传他宠信'坏女人'妲（dá）己，荒淫残暴、坏事做绝。有个周族领袖叫姬昌，仁慈爱民，在渭水平原营造了一片人间乐土。

"渭水岸边有个老者在那儿钓鱼，可他的鱼钩是根笔直的针，他说：我这儿不是钓鱼，是钓王侯呢！这位老者就是姜太公。

"八十二岁的姜太公终于'钓'到了王侯，姬昌（也就是周文王）聘他做了宰辅。他辅佐姬昌之子周武王姬发推翻了商纣王的统治，开创了周朝八百年基业。'姜太公钓鱼——愿者上钩'的谚语，就是这么来的呢。

"不过《封神演义》把这段历史神话化了。周与商的斗争成了神仙斗法。商、周的文臣武将个个都有神通，像杨任吧，他的眼睛被剜掉了，却在手掌里又长出眼睛来；雷震子呢，胁下长出肉翅，可以飞翔；土行孙能在地底下行走，叫作'土遁'；高明、高觉'目能观看千里、耳能详听千里'；杨戬则有七十二般变化；哪吒（nézhā）更是三头六臂，神通广大。

"小英雄哪吒的故事是书中最精彩的片段之一。他天不怕、地不怕，今天抽龙王三太子的筋，明天又射死石矶娘娘的徒弟……当四海龙王前来讨伐时，他好汉做事好汉当，以一死谢罪！

"可是爹爹李靖做事绝情，试图阻断哪吒的再生之路。哪吒复生后，便追着李靖要报仇！若不是有个神仙'拉偏手'，把一座宝塔送给李靖镇压儿子，李靖一定输得很难看！

"当爹的做了错事，儿子照样可以反抗！哪吒的故事就这样向封建'孝道'提出了挑战。小说对封建伦理的'忠'也提出质疑。姜子牙伐纣时就曾提出：'天下者，非一人之天下，乃天下人之天下也。'这话里带着明显的进步因素。

《封神演义》插图：金吒智取游魂关

"不过这书艺术上并不高明。虽然作者写书的本意是'欲与《西游》《水浒》鼎立而三'，可惜他的目的并没达到。"

第 **44** 天

『中国的莎士比亚』
汤显祖

附明代戏曲家

王爷也来写剧本

白天依然是热，入夜可凉快多了。蛐蛐儿在墙根叫得挺欢。

沛沛把茶沏好，端到爷爷跟前，问道："小说跟戏曲是亲姐妹，那么明代的戏曲一定也很繁荣了？"

"你说的没错。继承了元代的传统，明代依然有人写杂剧，作者中有贵为王爷的，也有一般文人。

"明太祖朱元璋文化不高，可是'老朱家'似乎很有些艺术天赋。明代皇族中出了好几位艺术家。例如有个朱载堉（1536—1611），是朱元璋的八世孙，他首创音乐的'十二平均律'，比欧洲早了一百年！

"朱元璋有个儿子叫朱权（1378—1448），被封宁献王。他撰写的《太和正音谱》，是我国戏曲史上的重要著作。里面除了记录元代、明初的一些杂剧作品，对许多作家作品也有评价。研究元明北曲的人，没有不重视这部书的。

"另一位朱有燉（1379—1439）是朱元璋的孙儿辈，封周宪王。他写过三十一种杂剧，收在《诚斋乐府》中。他的杂剧很有元人风格，内容也挺广泛，可人们更注意他的两部'水浒戏'：

《黑旋风仗义疏财》和《豹子和尚自还俗》。

"朱有燉的'水浒戏'跟小说《水浒传》似乎没有多大关系。《仗义疏财》写李逵假扮新娘子，惩罚权豪势要赵都巡的故事。《豹子和尚》说的是鲁智深的故事。可这个鲁智深跟大闹五台山的花和尚全然不同，他不守宋江将令，被打了四十军棍，赌气重回寺院，后来宋江又设计将他招回山寨。

"朱有燉的'水浒'跟小说情节不同，这说明什么呢？有人说，朱有燉是位王爷，他编剧本可以随心所欲，不必有什么根据。可也有人认为，朱有燉写这两个剧本时，小说《水浒传》还没问世呢！"

畸人徐渭的"四声猿"

到了明代中期，杂剧发生了一些变化：规矩松了许多。过去一本杂剧只能是四折，这时却可以随意增减；曲调也不限于北曲，出现了南北合套，甚至干脆全用南曲，称作"南杂剧"。

就说说徐渭吧。徐渭（1521—1593）是明代文坛上一位"畸人"——人们常常这样来称呼一些特立独行、不同流俗的文人。徐渭二十岁考取秀才，后来却屡试不第；快四十岁时，去给浙闽总督当幕僚。他生性狂傲，蔑视礼法，常招人嫉恨。后来他心情抑郁，得了狂疾，用斧子劈自己的脑壳，竟然没有死，靠着卖诗卖画，度过穷困的余生。

徐渭的"四声猿"是四部杂剧的总称。第一部叫《狂鼓史》，写三国名士祢衡死后，在阴间再度击鼓骂曹的故事。有人说，徐渭是借祢衡之口，痛骂当时的权奸严嵩呢！第二部叫《翠乡梦》，写玉通和尚投胎转世的故事。另一部叫《雌木兰》，你一听就知道，这是写木兰从军的故事。第四部叫《女状元》，写女子黄崇嘏（gǔ）乔装男子考中状元。她跟木兰一文一武，胜过了一切男子，由此可见徐渭对妇女的尊重。

徐渭这四部杂剧长短不一，音乐上也有所创新，其中《女状元》全用南曲。——南杂剧的形式便是徐渭开创的。徐渭还撰有一部《南词叙录》。从宋代到清代，专门论述南戏的著作，这是唯一的一部。

不过总的说来，明杂剧的创作势头已远不如元代，倒是一种新的戏剧形式异军突起，迅速替代了杂剧的显赫地位。——那就是传奇。

徐渭《荷花鸳鸯图》

嘉靖三传奇

传奇是在南戏的基础上发展起来的，它的体制和规矩跟南戏大致相同。不过传奇的音乐不再局限于南曲，而是普遍采用"南北合套"的音乐形式。角色分工也更细，南戏的七个角色，到传奇中发展为"江湖十二角色"。

明中期的传奇作品，有三部可以作为代表。头一部是李开先的《宝剑记》。李开先（1502—1568）中过进士，官至太常寺少卿。因揭露朝政的腐败，得罪了执政的夏言和严嵩，被罢了官。以后的二十多年，他一直在山东章丘老家过着吟诗度曲的闲居生活，还专爱搜集剧本和民间小唱什么的。他家收藏的剧本曲谱极多，一时号称"词山曲海"。

《宝剑记》写的是林冲的故事。可剧中的林冲不再是一介武夫，更像是位士大夫。他跟奸臣高俅、童贯做斗争，结果被充军发配。显然，这里面多少有着李开先自己的影子。

剧中"林冲夜奔"那一场最精彩："专心投水浒，回首望天朝，急走忙逃，顾不得忠和孝！""丈夫有泪不轻弹，只因未到伤心处！"这应当就是李开先内心悲愤的写照吧？——《宝剑记》早就不在舞台上演出了，可《夜奔》这一场，却作为折子戏，久演不衰。

另一部传奇是《鸣凤记》，传说是王世贞的门人作的。王世贞是"后七子"的领袖人物，为人正直，跟奸相严嵩誓不两立。《鸣凤记》写的是当时震动朝野的反严嵩斗争。剧中一方是杨继盛、邹应龙等"八谏臣"；另一方呢，是严嵩父子及赵文华等奸佞。忠臣们宁死不屈、前仆后继的场面写得悲壮感人。——以往的戏曲总是写古人，《鸣凤记》却把当时发生的重大政治事件写进剧本里，这还是首创！

第三部传奇是梁辰鱼（1519—1591）的《浣纱记》。剧中搬演吴越兴亡的历史传奇。越国谋臣范蠡（lǐ）与美女西施的爱情像是一根线，贯穿全剧。

《鸣凤记》插图

原来，春秋时越国败于吴国，越王勾践带着大夫范蠡到吴国做了人质。其间勾践君臣为吴王阖闾养马侍疾，受尽屈辱与辛劳。吴王惑于假象，认为勾践已彻底臣服，竟不听忠臣伍子胥的劝告，放虎归山。

勾践归国后，卧薪尝胆，励精图治，为报仇雪耻不惜使用一切手段。范蠡本来与越溪浣纱女西施相爱定情，此刻为了"国家利益"，竟主动将西施献给吴王，以惑乱吴国。经历十年生聚、十年教训，日益强大的越国终于打败了昔日的敌国，逼使吴王自杀身死。范蠡深知越王勾践"可与共患难，不可与共欢乐"，于是与西施相携，泛舟太湖，飘然而去。

梁辰鱼尝试把儿女私情和国家兴亡两条线索交织起来，突破了历来才子佳人戏的旧模式。清代名剧《长生殿》《桃花扇》中，便都有着《浣纱记》的影响与痕迹。另外，这又是第一部用改良后的昆山腔谱曲的传奇剧本，日后昆曲独占舞台，追根溯源，不能不回到这里。

梁辰鱼是位专攻音乐的艺术家。当时的著名文人，都跟他有来往。由于他名气大，歌儿舞女们都争着登门学艺，以至他家门前总是挤满捧着名贵礼物的艺人，一时盛况，不难想见！

汤显祖归隐玉茗堂

说说汤显祖吧，他可算得明代最杰出的戏剧家了。汤显祖（1550—1616）字义仍，号海若、清远道人，晚号若士。他是江西临川人，生在书香门第，家中世代读书，有着挺高的声望。

汤显祖才华横溢，二十一岁中举，二十八岁进京赴考时，已是名闻天下的才子了。可巧那一年，宰相张居正的儿子也要参加考试。张居正企图让儿子名登榜首，要找几位名士来陪衬。可是找到汤显祖，却被他拒绝了。他相信自己的才华，不屑于跟高官显宦拉拉扯扯，更不情愿替他们捧场。当然，这一年他落了榜。三年后，张居正再次找到他，又遭拒绝。直到张居正死后，汤显祖才中了进士，那一年，他三十四岁。

这以后，他又几次拒绝大官僚们的笼络，结果被安置到陪都南京，当了个闲官。可汤显祖的耿直脾气，却怎么也改不了。他疾恶如仇，常常对时事大发议论，有人因此称他"狂奴"！

有一回，他上书朝廷，指斥当权者，竟还牵扯到皇帝。朝廷

汤显祖

大怒，把他贬到雷州半岛的徐闻去做典史——那是十分偏远的地方，过了海便是海南岛了！

经历多年宦海浮沉，汤显祖心生厌倦，索性辞官不做，回了江西老家。直到死，再也没有出来做官。

汤显祖在家乡一心一意创作剧本，还亲自参加导演排练。他的家乡盛行海盐腔，单是职业演员就有一千多人。汤显祖呢，就是这个蓬蓬勃勃的戏曲运动的领袖。尽管他晚年生活贫困，可他从戏曲里得到的乐趣，却无穷无尽。

他的书房叫玉茗堂，他常常坐在玉茗堂上，在经史书籍的包围中，跟朋友们谈文论曲。窗外，猪在吃食，鸡在打鸣，好像是给他们助兴似的。

汤显祖的作品不少，流传下来的传奇主要有四种：《紫钗记》《牡丹亭》《邯郸记》和《南柯记》。因为四部戏的内容多少都跟梦有关系，所以合称"临川四梦"，又叫"玉茗堂四梦"。另外，汤显祖还有大量诗歌文章，都收在《玉茗堂集》《红泉逸草》等几个诗文集里。

《牡丹亭》：梅边柳下生死恋

"四梦"里最有名的一部是《牡丹亭》，也叫《还魂记》。南安太守杜宝有个花枝似的女孩儿叫杜丽娘，只有十六岁，杜宝对她管束很严。丽娘整天大门不出二门不迈的，连后花园都没去过。有个丫鬟春香陪着她，随迁腐古板的老夫子陈最良读经书。

这一日，春光大好，丽娘跟春香扔掉讨厌的书本，跑到后花园去玩耍赏春。花园里百鸟鸣啭，牡丹欲放。丽娘先是惊喜、兴奋，渐渐地，却又感伤起来：春花有开有谢，自己的青春年华，不也有逝去的一天吗？

丽娘叹息着回到绣房，一阵困倦袭来，她飘飘悠悠的，似乎又回到了花园里。突然，不知从哪儿闯来一位俊美少年，折了一段柳枝赠给她。这一对青年男女，便在牡丹亭中度过了美好难忘的时刻。

等丽娘醒来才知道，这原来是个梦。可丽娘竟像丢了魂似的，整天精神恍惚，身体也一天天消瘦下来。她知道自己快不行了，便要来笔墨绢幅，画了一幅自画像，还题诗一首，后两句是："他年得傍蟾宫客，不在梅边在柳边。"（蟾宫客：旧时把科举得中叫蟾宫折桂，蟾宫客即状元郎的意思。）

过了中秋节，丽娘离开了人世。她的遗体葬在花园中的梅树下，自画像藏在太湖石底。不久，杜宝调到扬州去做官，临行在园中建起一座梅花庵，请了石道姑同陈最良一起给女儿守墓。

一晃三年过去了。有个叫柳梦梅的书生进京赶考，借住梅花庵。这天他到荒芜的花园里散步，偶然在太湖石下捡到一轴女子画像，上面还题着"不在梅边在柳边"的诗句。这倒让他想起几年前的一个梦：在梦中，他见到一位美丽的女子站在梅花树下连呼柳生。——"梦梅"这个名字，就是他在那次梦后改的。

梦梅喜欢画上的姑娘，整天对着画像念念叨叨，如痴如醉。这一天，他正要就寝，突然有个自称邻女的美丽姑娘来敲门。两人一见如故，日日往来。姑娘告诉她，自己就是画中人，如今埋在园中，只要掘开坟墓，就能起死回生。柳生大喜，他跟看守庵堂的石道姑商议，选择吉日打开坟墓，丽娘果然活转过来。于是两人双双前往临安。

柳梦梅参加科举考试后，便以女婿的身份，去见杜宝。杜宝刚好听说女儿的坟墓被盗，见"盗墓贼"自己找上门来，马上命人把他关押起来。

京城里，金榜揭晓，梦梅高中头名状元。皇宫大摆琼林宴，可状元郎跑到哪儿去了？此时，柳梦梅正在杜宝府中遭吊打呢！直到考官前来，证明了梦梅的身份，杜宝才把他放下来。最后，由皇上做主，梦梅与丽娘结为夫妻，杜宝也来跟女儿、女婿相认，戏就在大团圆的乐曲声中落了幕。

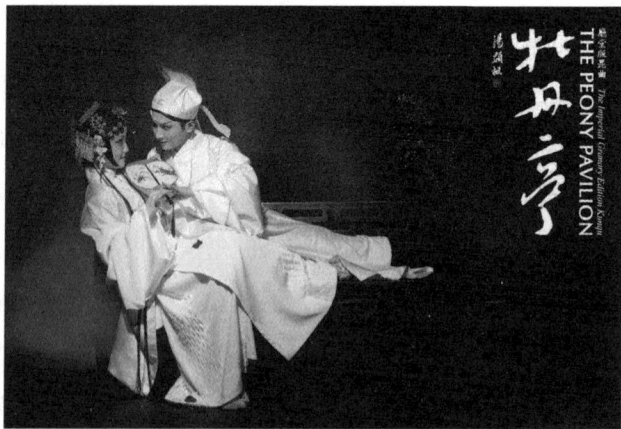

昆曲《牡丹亭》海报

如花美眷，似水流年

剧中的杜丽娘是个感情丰富的姑娘。可惜她生在官宦人家，师傅又是个老古板，礼教的规矩压抑着她爱美的天性，她只好到梦中去寻觅爱情。柳梦梅的一句"如花美眷，似水流年"，正代表着丽娘的心声。——青春美好、光阴易逝，也正是为了这个，她才不顾一切地去追求爱情。得不到爱，她宁可去死！

真挚的感情是能超越生死界限的。当心上人来到身边时，丽娘竟又能起死回生。为了爱，"生者可以死，死可以生"，这就是《牡丹亭》要表达的主题！——这个主题今天看起来好像很平常，可是在崇尚礼教、压抑人性的封建社会，却是了不起的见解。

汤显祖是制曲的高手。他的曲文长于抒情，典雅清丽，文采斐然。《惊梦》一出中有一支〔皂罗袍〕，是人们常常提到的：

> 原来姹紫嫣红开遍，似这般都付与断井颓垣。良辰美景奈何天，赏心乐事谁家院……朝飞暮卷，云霞翠轩；雨丝风片，烟波画船。锦屏人忒看的这韶光贱！

花园里的花朵姹紫嫣红、争奇斗艳，却只能跟残墙废井为伍；大自然的春光那么诱人，"锦屏人"却被关在闺阁里受拘束！这支曲子借描绘春光，抒写出杜丽娘的心中苦闷。

"四梦"另三部

"临川四梦"中的另外三部也很有名。《紫钗记》是写陇西书生李益在元宵观灯时，拾到一支紫玉钗。失钗的小姐原来是霍王的女儿霍小玉——此时她正跟着地位低贱的母亲流落在民间。李益便托人说媒定亲，自己到霍家做了女婿。

后来李益考中进士，还立了边功。权高势大的卢太尉硬要招他为婿，并派人欺骗小玉，说李益已经变心。小玉生活没着落，只好卖掉紫玉钗。卢家将钗买去，又拿去欺骗李益，说小玉已经嫁人。

有位行侠仗义的黄衫客知道了内情。他用骏马把李益驮到小玉家，两人见面，真相大白，紫玉钗物归原主，夫妇也和好如初。

《紫钗记》是根据唐传奇《霍小玉传》创作的。不过《霍小玉传》的结局是悲剧性的，最终霍小玉病入膏肓，死在李益怀中。如此结局，对"无情汉"的批判更深刻也更有力。

不过戏剧是演给大众看的，中国观众更容易接受大团圆的结局，因而汤显祖选择了喜剧的结局。不过可以明显看出，汤显祖对霍小玉寄予极大的同情，剧中黄衫客的形象，也豪爽可爱。至于李益，作者认为他没什么值得称道的地方。

《邯郸记》取材于唐传奇《枕中记》。有个卢生老想飞黄腾达。有一回他在邯郸桥头的小店里遇到吕洞宾，吕洞宾借给他一个瓷枕头。卢生一觉睡去，梦见与富家女结了婚，又进京赴考，得中状元。后来历尽官场沉浮，一直做到宰相。满门富贵，活了八十多岁。可是一觉醒来，他发现自己仍在小店里。临睡时店主人烧的黄粱饭，这会儿还没熟呢！卢生顿时像是悟到了什么，于

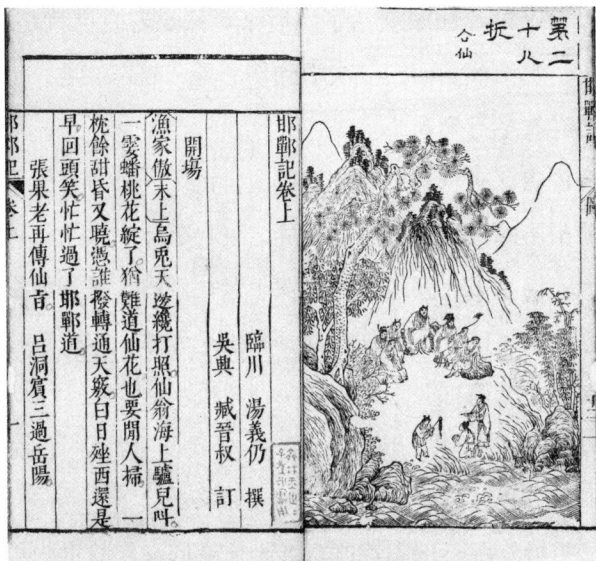

《邯郸记》插图

是跟随吕洞宾飘然而去。

汤显祖这样评价这个故事：世上的人都在做邯郸梦，我让伶人演这个戏，就是为了让大家醒醒！

《南柯记》改编自唐人传奇《南柯太守传》。《南柯记》与《邯郸记》的主旨相似，都是写人生的无常与空虚。写这两本戏时，汤显祖已到暮年，他的爱子又不幸去世。他自己也越发虔信佛教，不再关心政治。他的精神面貌，从这两本戏里可以看出来。

"中国的莎士比亚"

汤显祖的戏剧不知牵动了多少女孩子的心。传说杭州有个女伶，把舞台上的杜丽娘演活了，后来竟然觉着自己就是杜丽娘，每逢演出，都泪痕满面；一次唱到伤心处，随声倒地，大家忙上前看，已经气绝身死。

又传说内江有一女子，才貌双全，读了《牡丹亭》剧本，说是非汤显祖不嫁。汤显祖写信推辞，说自己年岁大了，可女子不信。一天，汤显祖在湖边宴客，女子亲往观看，见汤显祖满头白发，走路要扶拐杖，不禁叹息说：我生平爱才，本来想托付终身的，不料如此老迈！——失望之余，竟投水而亡！

汤显祖的"四梦"影响极大，不少戏剧家都学习他的风格，在明末形成"玉茗堂派"，又称"临川派"。

汤显祖恰好跟英国大戏剧家莎士比亚同一年辞世，再加上汤显祖在东方剧坛上的地位，一点儿不比莎士比亚低，因此人们称汤显祖是"中国的莎士比亚"！

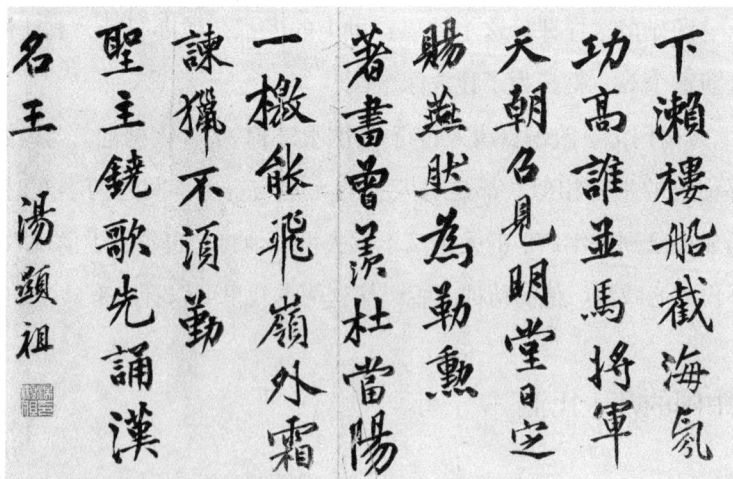

汤显祖墨迹

两派争高下，鬼戏演《红梅》

"爷爷，您刚才说的'临川派'，都包括哪些戏曲家啊？"沛沛问。

"'临川派'嘛，有孟称舜、吴炳、阮大铖等。孟称舜（约1600—1655）作过传奇《贞文记》和杂剧《人面桃花》。吴炳（1595—1648）写过传奇《情邮记》《绿牡丹》。

"至于阮大铖（1587—1646），他的《燕子笺》《春灯谜》都写得不错，有人认为，他的一些曲文甚至赶上了汤显祖。可是他在明末依附大太监魏忠贤，南明时又投靠奸臣马士英。清军一过江，他又投降了清人，还在宴会上给清军将领唱小曲儿，丑态百出！由于人格卑劣，人们连带不喜欢他的作品。清代戏剧家孔尚任还把他的丑态劣迹写进传奇《桃花扇》里。

"'临川派'继承了汤显祖的戏曲主张：注重曲词的内容和文采，对格律重视不够。当时还有个'吴江派'，领袖人物沈璟（1553—1610）是江苏吴江人。这一派的主张跟临川派正相反，认为戏曲必须'合律依腔'，至于曲词美不美，倒在其次。哪怕读不成句也没关系，唱着顺畅就行。吴江派的成员，有吕天成（约1577—约1614）、冯梦龙、袁于令（1592—1674）、沈自晋（1583—1665）等。——这两派各说各的理儿，还有一番争执哩！

"当然，也有一些戏曲家，不属于这两派，却也写出很好的剧本。像周朝俊（1573年前后在世）的《红梅记》就很有名。剧中写南宋书生裴禹到西湖游玩，当朝宰相贾似道的侍妾李慧娘对他心生爱慕，说了一句'美哉少年'，不料竟引起贾似道的嫉

《红梅记》演出剧照

恨，残忍地把她杀害了！

"裴禹当然不知道这事。他在西湖因赏梅结识了已故总兵之女卢昭容。贾似道恰好也看上了昭容的美貌，硬要纳她为妾。裴禹便假充卢家的女婿，到贾府拒婚，被老贼拘禁在密室里。在这危急的当口，李慧娘的鬼魂突然出现了。她与裴生在西廊下幽会，并保护他逃走。

"贾似道拷打众姬妾，追问是谁放走了裴禹。慧娘的鬼魂挺身而出，光明磊落地承认：人是我放的！贾似道听了，魂胆俱丧！——后来，裴禹考中探花，并与卢昭容结为夫妻。贾似道呢，因兵败遭贬，被人杀掉了。

"剧中李慧娘的形象特别感人。她的悲惨遭遇叫人心酸，死后的大胆反抗又让人感到痛快。——李慧娘的故事现在还在戏台上演出，只不过剧本已是新编的了。"

第 45 天

话本小说『三言』与『二拍』

"拟话本"：文人拟写的话本

"明代的长篇小说说得差不多了，短篇小说您还没讲呢。"沛沛提醒爷爷。

"是，咱们今天就来说说。短篇小说又分文言的、白话的。明代的文言笔记小说出色的不多。值得一提的几部，包括瞿佑（1347—1433）的《剪灯新话》、李祯（1376—1452）的《剪灯余话》和宋懋澄（1570—1622）的《九龠（yuè）集》。

"这几部中收录的文言传奇故事，有爱情题材的，也有道德说教以及神话题材的，其中不少故事后来被改编成话本和戏剧。譬如《九龠集》里有一则《负情侬传》，被改编成白话短篇《杜十娘怒沉百宝箱》；《珠衫》一则，也被改编成《蒋兴哥重会珍珠衫》。——这些白话短篇，正是今天我们要讲的拟话本。"

说到"拟话本"这个词，爷爷加重了语气，好像有意让沛沛听清似的，"什么叫拟话本呢？你一定还记得宋人话本吧？那是指宋代说话艺人的演说底本。后来有人把它们刻印出版，很受欢迎。渐渐地，就有人模仿话本写起白话小说来。——学者于是把这些文人模仿的白话短篇，称为'拟话本'。

"拟话本是专供人们案头阅读的，情节的描写、人物的刻画，都有了进步。只是民间文学那种淳朴泼辣的味儿失去不少。

"说起来，明代中后期是拟话本的繁荣期，有几位作家兼编者，编了好几本拟话本小说集。像'三言''二拍'，就是其中最出色的。'三言'是指三部短篇小说集：《古今小说》《警世通言》和《醒世恒言》。《古今小说》

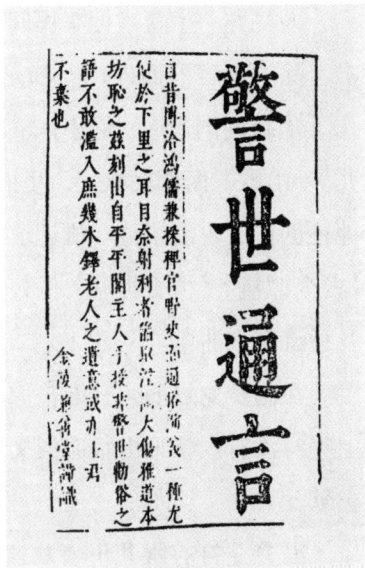

《警世通言》书影

又叫《喻世明言》，这下你该知道为什么称'三言'了。

"'二拍'是另一位通俗文学作家凌濛初编撰的拟话本小说集：《拍案惊奇》和《二刻拍案惊奇》。与'三言'不同的是，'二拍'中几乎全是拟话本，因为宋元时期的话本，几乎被'三言'一网打尽了。"

通俗文学大师冯梦龙

"三言"的编著者冯梦龙（1574—1646）博学多才，爱好极广，可仕途上却屡遭挫折，五十七岁才补了贡生。后来做过训导、知县一类的小官儿。

冯梦龙一生喜欢搜集民间文学作品：话本啦，戏曲啦，民歌啦。除"三言"而外，冯梦龙还增补了章回小说《平妖传》，改作了《新列国志》，鉴定了好几种讲史小说。他还编辑了《挂枝儿》《山歌》两部民歌集，里面收集了八百多首吴中民歌。此外，他还创作、改编了《双雄记》《万事足》等剧本，编纂了《智囊》《古今谭概》《情史类略》等好几部笔记小品。这些还不包括他的几种诗集和曲谱。

在冯梦龙之前，有谁曾像他这样把全副精力都放到通俗文学上呢？没有！整理出版通俗文学作品，成为冯梦龙对文坛的一大贡献。

冯梦龙打心眼儿里喜欢这些来自民间的作品。他为《山歌》作序，说他编辑这部集子，就是要"借男女之真情，发名教之伪药"——用男女纯真的感情，去揭露礼教的陈腐和虚伪！

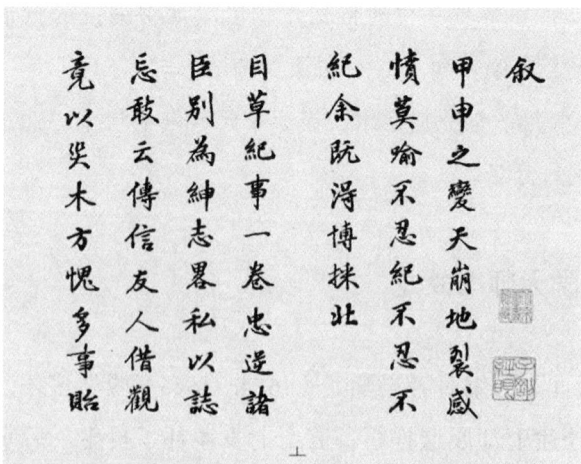

冯梦龙辑《甲申纪事》书影

在《古今小说》序里，他还说，读小说能使懦弱的变勇敢、淫荡的变贞节、刻薄的变厚道、麻木不仁的也会感动得直流汗！即使天天捧着《孝经》《论语》，那教育作用也不如读小说来得快来得深！

"三言"每部包括四十篇小说，统共一百二十篇。其中宋元旧话本大约占了三分之一，余下的七八十篇，就全是明代人创作的拟话本了。当然，这些作品大都经过冯梦龙的润色加工，他亲自创作的倒不多。

从内容上看，这七八十篇拟话本，又可以分成这样几类：一类是爱情婚姻题材的，里面突出了妇女在那个时代的不幸遭遇，以及她们对幸福爱情的热烈追求。另一类专写社会底层手工业者及小本商人的传奇故事，他们地位不高，却轻财重义，身上有许多优点和美德。帝王将相的故事也有，不过那往往是写官场的险恶，统治者的尔虞我诈、鸡争鹅斗。当然，书里也有一些糟粕，像鼓吹封建礼教、宣扬因果报应等，读时应注意扬弃。

杜十娘：宁为玉碎，不为瓦全

《杜十娘怒沉百宝箱》这一篇很多人都听说过。有个官宦子弟李甲，到北京读书，在妓院里结识了美貌的妓女杜十娘。两人一见钟情，并真心相爱了。开头，李甲大把大把花银子，妓院老鸨（bǎo）杜妈妈对他总是笑脸相迎。可后来李甲的银子花光了，杜妈妈的脸色也越来越难看。——杜十娘一心爱着李甲，她就用自己多年的积蓄赎了身，带着美好的梦想和满腔兴奋，跟随李甲离了北京，乘船南下，回李甲家乡去。

　　船到瓜洲，十娘跟李甲在舱中饮酒欢歌。不料这歌声引起邻舟阔商孙富的注意。孙富是个风流子弟，他找个借口邀李甲喝酒聊天，话题很快转到杜十娘身上。——李甲此时正为回家的事发愁！他爹爹是个古板的官僚，怎能允许儿子娶个妓女回家来呢？李甲真不知怎么跟老爷子交代！

　　心怀鬼胎的孙富假作同情，给李甲出了个两全其美的“好主意”。他说：一个妓女，能有多少真情实意？你何必为她闹得合家不安！不如把她让给我，我以千金相赠，不就转祸为福了吗？——李甲是个自私自利又耳软心活的家伙，听了这话，竟昧着良心答应了。

　　杜十娘听到这个消息，一下子惊呆了。她万万没想到，自己一心爱着的人，竟是这么个无情无义的懦夫！她强打着精神支撑

杜十娘怒沉百宝箱（房绍青绘）

着，不让人看出软弱来。直到孙富把银子送过来，她才当众拿出一个小匣子，打开一层层小抽屉，里面装的全是天下最昂贵的首饰、最珍奇的古玩。她一面将珍宝抛撒到江中，一面痛骂李甲的负心和孙富的无耻，然后抱着百宝箱，跳进了波涛滚滚的江心。

周围的人被激怒了，纷纷要"拳殴"孙富和李甲，两人吓得狼狈逃走。——不久两人都得了病，一个终身不愈，一个不治而死。

杜十娘是个身份微贱而内心高傲的奇女子，她感情真挚热烈，为了追求幸福生活，不惜付出一切。她有着极强的个性，最终以一死，控诉了等级制的不公及礼教的虚伪，维护了女性的尊严。跟这个烟花女子相比，李甲、孙富虽然有地位，有财势，灵魂却显得那么肮脏、卑鄙！

《卖油郎》《施润泽》：小人物的爱情与道义

另一篇有特色的爱情故事是《卖油郎独占花魁》。故事女主角叫王美娘，是临安最漂亮的妓女，人称"花魁娘子"。跟她来往的，全是一掷千金的公子王孙。

故事的男主角呢，是临安城里一个挑担卖油的小商贩，名叫秦重。一个偶然的机会，秦重见到王美娘，心里就再也放不下。他朝思暮想，盘算着怎么才能跟美娘见上一面。

从此他省吃俭用，苦熬了一年多，攒了十几两银子，鼓足勇气来会美娘。可美娘忙得很，不是到学士家陪酒，就是跟衙内游湖。好不容易，才轮到跟秦重见面。

这天秦重在美娘房中等到半夜，美娘终于从一位官僚家回来，

《卖油郎独占花魁》插图（钱笑呆绘）

已是喝得大醉，进了房门，躺倒便睡。秦重可是一夜没合眼，他怕美娘冻着，又怕她口渴，他为美娘掖好被子，又把一壶热茶抱在怀里焐着。半夜，美娘想吐，秦重就摊开自己的袍袖接着，又伺候她漱口、喝茶。他的周到与体贴，赢得了美娘的由衷好感。

美娘日日与衙内、公子们打交道。在那些人眼里，她只是个玩物。她终于明白了，老实厚道的秦重才是靠得住的人。她毅然下了决心，嫁给了身份低微的卖油郎。后来美娘找到失散多年的父母，秦重也巧遇分离八年的爹爹。夫妇俩生下两个儿子，日子过得别提多美满了！

以往的爱情故事总离不开才子佳人、状元小姐。小商贩也能登上爱情文学的殿堂，这还是破天荒头一遭！——篇中表达了这么一种观念：什么金钱、地位，都不能换来真正的幸福；只有真挚的感情、发自心底的尊重，才是爱情、婚姻的坚实基础。

"三言"里小商贩、小手工业者的故事还有不少，不妨再看一篇《施润泽滩阙遇友》。有位靠养蚕织绸为生的工匠叫施复，一次到市上卖绸，途中捡了一包银子。他将心比心，把银子还给了失主，连失主的酒也没喝一口。

有一年，施复为了买桑叶来到太湖，并巧遇丢失银子的后生朱恩。朱恩热情款待他，并送他一船桑叶救急。——由于施复多留了一日，刚好躲过一场大风暴。跟施复一同出门的乡亲全都翻船送了命，唯独施复一个活着回了家。

故事描写两个小手工业者的淳朴友情，十分感人。只是当中又穿插许多因果报应的情节：像施复不肯杀鸡，结果鸡救了他的命；又如施家盖厅堂，挖出八锭大银子，就都显得有些浅薄了。

《珍珠衫》：商人也有人情味儿

还有一篇《蒋兴哥重会珍珠衫》，是写一个商人家庭的婚变故事：男主人公蒋兴哥是个年轻的珠宝商人，长年在外边做买卖，把个年轻美貌的新婚妻子王三巧丢在家里。后来三巧受人诱骗，与陈大郎私通，还把蒋家的传家宝贝——一件珍珠衫，送给大郎做念物。

天下哪儿有不透风的墙？兴哥得知这消息，又急又愧，没奈何，只好把三巧休了。可旧情难断，他把三巧陪嫁的十几只箱子，也一同送还王家。后来三巧改嫁进士吴杰，跟着丈夫到广东赴任去了。

有一年，兴哥到广东做生意，因买卖纠纷，恰好被告到吴杰的衙门里。三巧得知前夫有难，就假说兴哥是自己的表哥，求丈夫从轻发落。吴杰答应后，发现兴哥原来就是妻子的前夫，又见他俩感情依旧那么深厚，便慨然把三巧送还兴哥；而那十几箱陪嫁，又回到了蒋家。到后来，连那件珍珠衫也物归原主。——经历了这场婚姻周折，这个商人家庭越发其乐融融了。

从这个故事里，你看到了什么？似乎明代新兴商人的伦理观念，多了一些人性成分。若是放在《水浒传》的时代，"红杏出墙"的淫妇，恐怕只有吃刀的份儿！可蒋兴哥得知妻子出轨时，却首先检讨自己："当初夫妻何等恩爱，只为我贪着蝇头微利，撇他少年守寡，弄出这场丑来，如今悔之何及！"虽然王三巧遭到休弃，但最终还是得到了丈夫的原谅。——这里面体现了时代的进步，难怪有的学者把这一篇称为"新时代的曙光"。

此外，从前小说里的商人形象大多是唯利是图、面目可憎；可蒋兴哥的形象却是风流儒雅，跟爱情故事里的才子、书生没什么两样。而商人的弃妇可以嫁给进士，进士的妻妾又可以还嫁商人，至少在文学作品里，商人和官员之间，已经没有太大距离！

反之，"三言"中那些官员的形象，却不那么光彩。像《沈小霞相会出师表》，写朝廷中忠与奸的斗争，揭露了严嵩父子的奸诈与残暴。在《卢太学诗酒傲王侯》里，作者对那位阴险残酷的汪知县，也做了鞭挞。还有《灌园叟晚逢仙女》，写一位老花匠秋翁爱花如命，人称花痴。为了护花，他跟张衙内一伙奋力抗争，被打入大牢。在司花仙女的帮助下，秋翁终于战胜恶人，自己也得道成仙。

"三言"中还有不少有名的故事。像《金玉奴棒打薄情郎》《王娇鸾百年长恨》《玉堂春落难逢夫》，都情节曲折、描写细腻，特别受市民读者欢迎。

"二拍"精华：转运汉海外捡"洋落儿"

"二拍"又是怎么回事？如前所说，他是凌濛初编撰的两部小说集的合称。凌濛初（1580—1644）跟冯梦龙几乎同时，两人的经历也都差不多。凌濛初本是贡生，当过县丞、通判一类的小官儿。他对通俗文学也抱着特别的兴趣，为此倾注了半生的心血。

总的说来，"二拍"的成就赶不上"三言"。大概作者写作时急于求成，不少篇章写得比较粗糙。有些题材是前人写过的，就那么囫囵吞枣地抄了过来。

不过沙里淘金，"二拍"里有些篇章还是值得一读的。如一些市民和商人的故事，就挺有价值。其中像《叠居奇程客得助》，写一个晦气的商人得到海神指点，终于发了大财。海神提出的"人弃我取"的经商原则，就很有几分道理。《乌将军一饭必酬》写的也是经商故事。看得出来，由于明代商业的繁荣发展，人们不再把商人看得低人一等。

最有刺激性的经商故事，是那篇《转运汉巧遇洞庭红》。世家子弟文若虚，做买卖总是赔本。卖扇子

《拍案惊奇》书影

213

吧，偏赶上连阴天儿，没人买还不算，扇子受了潮，全粘坏了。于是人送诨名"倒运汉"。

"倒运汉"在国内没有立足之地，就跟着一伙商人搭伴出了洋。本意不过是到海外开开眼、散散心。临行前，他用一两银子买了百十斤"洞庭红"橘子，只为放在船中解渴。

船到吉零国，伙伴们都上岸做生意。只有文若虚闲得无聊，把橘子搬到船板上晾晒。哪知海外人从没见过橘子，纷纷出高价来买，文若虚一下子赚了八九百两银子！"倒运汉"时来运转了！

在回程中，船遇风暴，泊在一个荒岛上。文若虚独自一人上岸玩耍，在草丛里捡到一枚一张床那么大的龟壳。出于好奇，文若虚把它拖到船上。大家见他拿废物当宝贝，都好一顿嘲笑。

船到福建，众客商到波斯商人店中卖货，文若虚两手空空，只好奉陪末座。波斯商人偶然发现船舱里的这件"洋货"——一个大龟壳，不觉大惊失色。他死说活说，非要买这个蠢家伙不可，价钱出到白银五万两！

等文若虚如醉如痴地拿到银子，波斯商人才道出龟壳的秘密：原来这是神龟的躯壳，龟身已变龙飞走，空龟壳的二十四条肋中，生满了夜明珠，最大的一颗直径足有一寸，在黑暗中闪闪烁烁，光芒有一尺多长！——文若虚捡了个大"洋落（lào）儿"，成了名副其实的"转运汉"，想起来，还是那筐"洞庭红"给他带来的好运道呢！

明代航海业十分发达。到海外碰运气、赚大钱，成了商人们的强烈欲望。文若虚的故事，当然只是个"白日梦"。可说不定这个白日梦，真的勾起不少人到海外探宝的雄心呢！

"二拍"里还有不少爱情题材的故事。像《满少卿饥附饱飏（yáng）》，提出男女爱情平等问题，就挺有进步意义。《赵司户千里遗音》，写青年男女的忠贞爱情，也很动人。

"三言""二拍"合起来有共二百篇。明末有位"抱瓮老人"从这两套书里精选了几十篇作品，结集出版，题为《今古奇观》。由于选得好，这个本子风行了三百多年。

明末清初的拟话本集还有《石点头》《西湖二集》《人中画》《照世杯》《豆棚闲话》等四十几部，可水平都不如"三言""二拍"。

明代的散曲与民歌

"说起通俗文学，明代的散曲也挺有特色。"爷爷补充说，"一些散曲虽然出自文人之手，却保持了通俗质朴的里巷特点，对现实的讽刺也很辛辣，举王磐（约1470—1530）的《朝天子·咏喇叭》作为例子：

> 喇叭，锁呐，曲儿小、腔儿大；官船来往乱如麻，全仗你抬声价。军听了军愁，民听了民怕。那里去辨什么真共假？眼见的吹翻了这家，吹伤了那家，只吹的水尽鹅飞罢。

明代的太监权势极大，他们坐着官船来来往往，走到哪里，都要奏乐摆排场，骚扰个够！老百姓听喇叭、唢呐一吹，简直要掉了

《挂枝儿》《山歌》是冯梦龙搜集编辑的明代民歌集

魂！这支曲子，就把太监们装腔作势以及百姓们又恨又怕的心理，全都写了出来。

"另外还有位散曲家陈铎（约1454—1507），他的《滑稽余韵》收有小令一百三十六首，把各行各业的人物都刻画得活灵活现，像是用散曲勾勒了一部明代民俗文化史！

"散曲之外，明代文坛上还有一丛鲜艳的野花——民歌。冯梦龙不就编选了《挂枝儿》《山歌》等好几种民歌集吗？当时就有人说：我们明朝诗不如唐，词不如宋，曲又不如元，只有民歌，可以称得上明代文学的一绝！

"这一时期的民歌多在城市里巷间流传，而且以情歌居多。由于发自百姓的肺腑，没经过文人加工，所以感情特别真诚热烈。像这一首：

> 傻俊角，我的哥！和块黄泥儿捏咱两个。捏一个儿你，捏一个儿我，捏的来一似活托。……将泥人儿摔破，着水儿重和过，再捏一个你，再捏一个我；哥哥身上也有妹妹，妹妹身上也有哥哥！

你看，这姑娘爱得多么热烈、多么痴情！

"民歌还特别喜欢用夸张的手法。例如有这么一支讽刺搜刮者的民歌：

> 夺泥燕口，削铁针头，刮金佛面细搜求，无中觅有。鹌鹑嗉里寻豌豆，鹭鸶腿下劈精肉，蚊子腹内刳（kū）脂油，亏老先生下手！

这位'老先生'真是又可笑，又可恨！民歌讽刺的，显然就是贪酷的官吏、吝啬的老财。

"明代的诗坛长期被复古派把持着，显得死气沉沉的。倒是这些民间小调，新鲜活泼，不拘一格，特别有生气。袁宏道就曾感叹说：今天的诗文是很难流传久远啦。如果有的话，或许巷子里妇人小孩子唱的《擘破玉》《打草竿》之类，'真人所作，故多真声'，还能传下去！——袁宏道是有影响的文坛领袖，他这么一说，人们对民歌也都另眼看待了。明代民歌的发展，跟这种进步观点的支持，不是没有关系。"

清代文坛

清代国运，盛衰相因

太阳落山了，大槐树的树冠显出一派苍绿。清风徐来，沛沛感觉出一丝秋意来。是呀，大槐树下的讲座从先秦讲起，今天已进入清代。

"清代统治者是满洲贵族。你还记得女真族吧，就是建立金朝的那个北方民族，满洲族便自称是他们的后裔。明末李自成率农民军打破北京城，明代最后一位皇帝崇祯跑出宫门，在景山山坡上的一棵歪脖树上上了吊，'大明朝'就这么完啦！清人乘虚而入，在汉奸吴三桂的引导下杀进山海关，一个新王朝——清王朝，从此开始了。

"立国之初，满族统治者对反抗的人可是毫不留情。——满族男子都要剃光前额、在脑后梳一条长辫子，当权者要各民族的男子都这么打扮。就因这留发、剃发的事，不少人掉了脑袋。

"在思想文化上，当权者也屡兴文字狱。有位考官出考题，写了'维民所止'四字，惹得雍正皇帝大怒，硬说人家要杀他的头。——你看，'维''止'两字，不正是'雍正'二字去掉'脑瓜'吗？结果，这位考官的脑瓜差点儿搬了家。

"乾隆时，还由皇家召集编纂了《四库全书》。整理文献典籍本来是件好事，可在编书过程中，把一切不利于清朝统治的文献改的改、烧的烧，好事变成了坏事！

"不过让少数人统治多数人，毕竟不是件容易事。为了调和民族矛盾，清初统治者也做了不少努力。他们鼓励百姓开荒种田，又相应减轻赋税，这不但刺激了农业的恢复发展，也推动了手工业和商业。康熙、雍正、乾隆的白多年里，经济繁荣、人口猛增，历史上号称'康乾盛世'。

"可是繁荣的表象底下，却隐藏着深刻的社会危机。等盛世一过，清朝统治便一天不如一天。待到17世纪西方列强的炮舰来打中国时，清朝早已从骨子里完上来啦！"

"两截人"钱谦益、吴伟业

清代文坛有个特点：各种文学体裁全都有人尝试。诗歌、散文仍占据着正统位置，其中流派不少，主张纷纭；同时，词、曲、赋、骈文、传奇小说、雅俗戏曲……也都取得令人瞩目的成就。——咱们不能一一细说，仍然按老规矩，介绍几位有代表性的作家，通过他们的作品，大致了解清代文坛的发展与变化。

先来看清初的文坛。此刻有两种人最显眼：一种人以明代遗民自居，不肯跟清统治者合作。在他们的诗文里，表现出凛然的民族气节，后世的人都敬重他们。顾炎武、黄宗羲、王夫之三位就是这一派的代表，人称"顾黄王"。

另一类是做了"两截人"的文人。怎么叫两截人呢？他们一生中前半截做明朝官吏；等清军一来，他们又留起辫子、变节投靠，做了清廷的官儿。他们中间，钱谦益、吴伟业、龚鼎孳名气最大。

先看看"两截人"吧。在新王朝中，他们大都混个一官半职的；可是一想到这辈子节操有亏、名誉扫地，心里总不是滋味。因此他们的诗文中，也常流露出内心的惶惑和对故国的怀念。

钱谦益（1582—1664）是明末清初的诗坛领袖。他在万历朝中了探花（进士一甲第三名），当过礼部侍郎，在东林党内威望挺高。可惜他骨头不硬，南明时投靠阉党；清军一过江，他又率领南都文臣投降了清朝。

不过钱谦益的文学成就不应抹杀。他的诗写得很好，晚年还写了不少怀念故国的诗篇，他的诗集也因此遭到清政府的禁毁。钱谦益的文学见解很独到，他反对明代前后七子"诗必盛唐"的文学主张，提倡宋元诗，推崇苏轼和元好问。他的主张，对清代诗坛影响不小。

钱谦益的姜名柳如是，是个能诗文、有气节的女子。清军渡江时，她曾劝钱谦益"殉国"，据说钱跳入花园水池，又爬了上来，说了一句：

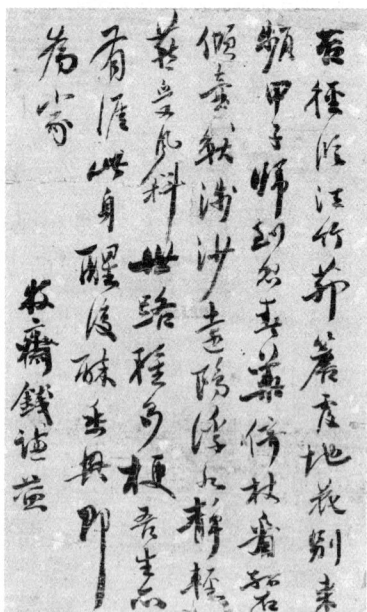

钱谦益墨迹

水太冷！钱谦益降清后，又感到悔恨，暗中跟遗民文人黄宗羲来往，还曾亲自犒劳郑成功的抗清部队。

相传钱谦益常穿一件奇怪的衣裳，领子是清式的窄领，袖子却是明式的宽袖。人家问他，他说："小领遵时王之制，大袖不忘先朝。"对方作揖说：失敬失敬，原来您是两朝"领袖"啊！——这话里带着讥讽！

吴伟业（1609—1672）是明清之际成就最高的诗人之一。他自幼天资聪明，十四岁时已写得一手好文章。后来他参加科考，名次比老师张溥还高，连崇祯皇帝也给他很高评价。

明末时，他担任南京国子监司业。入清以后，清廷要召他入朝做官，他不敢违抗，只得从命。可没过几年，他便借口母丧回到故里，以后再也没有出仕。——对于这段历史，他一直抱憾终生。

吴伟业的诗，语言华丽，格律严整。入清后诗风有所变化，沉郁顿挫，苍凉凄楚。内容多反映民间疾苦、讽刺降臣。有一首歌行体《圆圆曲》，堪称代表。

"圆圆"即陈圆圆，本是苏州有名的妓女，曾被选入豪门，又送进宫中，几经周折，成了明将吴三桂的妾。李自成攻下北京，陈圆圆被俘。吴三桂当时正把守山海关，听到消息，一怒投降了清人，并引清兵入关，一直攻进北京，终于把圆圆夺回。——可明朝却彻底完啦！

《圆圆曲》表面吟咏吴三桂与陈圆圆的悲欢离合，实则含着深刻的讽刺。像"恸哭六军俱缟素，冲冠一怒为红颜""全家白骨成灰土，一代红妆照汗青"等句子，都反话正说，深深刺痛了卖国贼。据说吴三桂要以重金买断此诗，吴伟业没有答应。

"两截人"中还有一位龚鼎孳，诗写得也很好，然而人品极差。他跟钱、吴合称"江左三大家"。

清初学者顾、黄、王

再来看看遗民文人。顾炎武（1613—1682）又称亭林先生，是江苏昆山人。他少年时参加了复社，明亡后，奔走大江南北，联络各地豪杰，力图复国，还曾被捕下狱。

此后的二十年里，他离开家乡，遍游北方各省，沿路考察地形，为恢复故国做准备。他出游时，常用两三匹骡马驮着书跟在身后，每到军事要地，总要邀请当地的老兵到路边小店饮酒，询问当地的风土人情、山川走势。如果跟以前所知不同，随时翻开书本考订、更正。

平日走长途，他便在马上默默地背书。因过于专注，路上遇见熟人，竟像不认识一样。有时掉下马背跌到土坎上，他爬上马，继续背他的书……"读万卷书，行万里路"，别人只是说说，顾炎武却是身体力行。

六十五岁时，他在华阴那地方住下来，专心从事著述。他有一部治学笔记《日知录》，是花了三十年心血写成的。在书中，他提出"天下兴亡，匹夫有责"的响亮口号。——他本人就是一位"生无一锥土，常有四海心"（《秋雨》）的杰出爱国者啊！

他研究学术，侧重于考证，成为清代著名的"朴学（考据学）"大师。他在学术上的声誉，高过了他的文名。

黄宗羲（1610—1695）的爹爹是东林党人，被魏忠贤等害死在狱中。后来魏忠贤伏诛，十九岁的黄宗羲进京诉冤，在公堂上用铁锥击伤阉党人物，还亲手击毙残害父亲的两个牢卒。他的壮举，震动了京师。

明亡后，黄宗羲奔走于钱塘一带，组织抗清武装，历尽艰危。后来见大势已去，便聚众讲学，隐居著书，用这种形式激发人们的爱国热情。

黄宗羲

黄宗羲自幼读书非常刻苦，他把家里的藏书全都读完，又向藏书家借书来读。常常连夜抄写，第二天归还另借。他的书房就取名叫"续钞堂"。由于黄宗羲学识渊博，他成为东南学术界的宗主。许多著名学者都出自他的门下，甚至清朝的巡抚也来听他讲学呢！

他的代表作中有一部《明夷待访录》，内中包括《原君》《原臣》《原法》等二十篇文章。在书中，他把封建皇帝说成是"天下之大害"，又说"天下之治乱，不在一姓之兴亡，而在万民之忧乐"；至于做大臣的，应当"为天下，非为君也；为万民，非为一姓也"。这种思想，已经显露出民主思想的萌芽来！

顾炎武、黄宗羲活着时就已名满天下，王夫之却是在死后几十年才受到重视的。王夫之（1619—1692）少年时读书非常刻苦，可是当他准备应试时，天下已经大乱！明亡后，他积极参加武装抗清。失败后，便躲到湖南常宁的深山里，改名换姓，刻苦著书四十余年。晚年在衡阳石船山著书讲学，人称"船山先生"。

王夫之对天文、历法、数学、地理都很有研究，尤其精通经学、史学、哲学和佛学。他留下的著作有《张子正蒙注》《尚书引义》《读通鉴论》等一百多种，全是在深山瑶族寨子里写成的。他的著作写成后，便随手赠人，不留底稿。直到死后几十年，才由他的族孙搜集刊行，"船山先生"的大名才渐渐为人所知。

这一时期的爱国志士中还有诗人屈大均、归庄等人。屈大均一生为抗清奔走呼号，他的诗中有"故国江山徒梦寐，中华人物又消沉。龙蛇四海归无所，寒食年年怆客心"（《壬戌清明作》）的句子，表达了十分沉痛的心情。

士祯慕"神韵"，板桥倡平等

继钱谦益、吴伟业之后，诗坛上的大家要数王士祯了。王士祯（1634—1711）是进士出身，官至刑部尚书。他为人宽和，待人诚恳，结交了很多诗人朋友，在文坛上威望很高，一时间称他为师的有好几千人。康熙皇帝还特地征集他的诗，编了一本《御览集》呢。

王士祯是个"尊唐"派，他崇拜王维、孟浩然等诗人，还选编了一本《唐贤三昧集》作为学诗的范本。他创立"神韵"说，倡导"不著一字，尽得风流"；这跟严羽的主张是一脉相承的。

举一首《真州绝句》来看：

> 江干多是钓人居，柳陌菱塘一带疏。
>
> 好是日斜风定后，半江红树卖鲈鱼。

这意境多像是一幅画儿。在当时，还真有人以此为题作画呢！

王士禛与钱谦益，一个"尊唐"，一个"崇宋"。从此清代诗人也分成两大派。像施闰章、宋琬、朱彝（yí）尊、赵执信等，都是"尊唐"的一派；而宋荦（luò）、查慎行、厉鹗等，则主张学习宋诗。

后来的"尊唐"派中还有沈德潜（1673—1769）和翁方纲（1733—1818）等。沈德潜一生科举不利，考了十七回，连个举人也没有捞到！直到六十六岁，才考取进士。

不过乾隆皇帝挺看重这位活到九十六岁的"江南老名士"，常跟他有诗歌唱和。沈德潜从"尊唐"的目的出发，编选了好几部诗选：《古诗源》《唐诗别裁集》《明诗别裁集》《国朝（清）诗别裁》等，其中以《唐诗别裁集》影响最大。

翁方纲做过翰林院编修，内阁学士，还参与了《四库全书》的编纂。沈、翁二人各有文学主张，沈德潜主张"格调"说，翁方纲主张"肌理"说，跟王士禛的"神韵"说相辉映，在当时各有拥趸。

差不多跟沈德潜同时的，还有个文坛怪人郑燮（1693—1765），也就是郑板桥。他顶佩服明代诗人徐渭，刻了一枚图章，印文是"徐青藤门下走狗郑燮"——你看有多怪！

郑板桥既不主张崇宋，也不提倡尊唐。他说自己的诗文就是"清诗清文"，何必跟前代扯到一块儿去呢！他的诗、词、文章都那么真实坦率，没有一点儿扭捏作态的样子。

他的十几封"家书"非常好看，大都是他做县令时写给兄弟的。他告诫弟弟说：奴仆、使女地位低贱，但也都是"黄帝尧舜之子孙"，不要轻慢他们。又说："我想天地间第一等人只有农夫……使天下无农夫，举世皆饿死矣！"——身在那个时代，他的见解是很可贵的。

郑板桥有一首题竹诗《潍县署中画竹呈年伯包大丞括》，是写给一位做官的长辈的：

郑燮善画兰竹

衙斋卧听萧萧竹，疑是民间疾苦声。

些小吾曹州县吏，一枝一叶总关情。

诗人是说给长辈，也是告诫自己：我们这些当官做吏的，要把百姓疾苦时时放在心上才行！

板桥又是著名的画家，尤其擅长画墨兰、墨竹，清新挺拔，超凡脱俗！——扬州有八位画风怪诞的画家，号称"扬州八怪",郑板桥就是其中之一。板桥的书法也自称一体,像行楷,又像隶书——因隶书又称"八分体",板桥把自己的书法称为"六分半体",在书法史上独树一帜。

江右三家:袁枚等

文坛上还有一位袁枚(1716—1798)不能不提。他自幼聪明,十二岁成秀才,二十三岁中进士。在中央及地方做官,都有政绩。不过三十多岁他就辞掉官职,隐居于南京小仓山随园,赋诗作文,不时四出游历。四方文士闻名来拜,家中"座上客常满,杯中酒不空"。他还招收女弟子,成为轰动一时的新闻!——据他说,他所居住的随园,便是《红楼梦》中大观园的原型!

袁枚年轻时家里穷,买不起书,只好向富人家去借;人家不肯借,回家后连做梦都想着借书的事。后来自己做了官,家中藏书多起来,他很乐意借给贫穷好学的年轻人——这叫将心比心吧!他的一篇《黄生借书说》,讲的便是这些事。

袁枚最感人的散文还要数那篇《祭妹文》。他的三妹自幼跟他感情最好。可怜她一生不幸,出嫁后备受丈夫虐待,不得不离婚回家,刚刚四十岁便患病死去。袁枚在祭文中回忆了自幼跟妹妹一同生活的往事,事情虽然都很寻常,感情却极为真挚。祭文的最后一段这样写道:

> 呜呼!身前既不可想,身后又不可知;哭汝既不闻汝言,奠汝又不见汝食。纸灰飞扬,朔风野大,阿兄归矣,

犹屡屡回头望汝也。呜呼哀哉！呜呼哀哉！

笔笔有情，催人泪下。

袁枚的诗也有特色，对一些传统题材，往往有自己的独特视角。看看这首《马嵬》：

莫唱当年《长恨歌》，人间亦自有银河。

石壕村里夫妻别，泪比长生殿上多。

短短四句诗，拿唐人白居易的《长恨歌》、杜甫的《石壕吏》做对比，说人们只知道同情李隆基、杨玉环，石壕村老百姓的生离死别，不是比这李、杨凄惨得多吗？

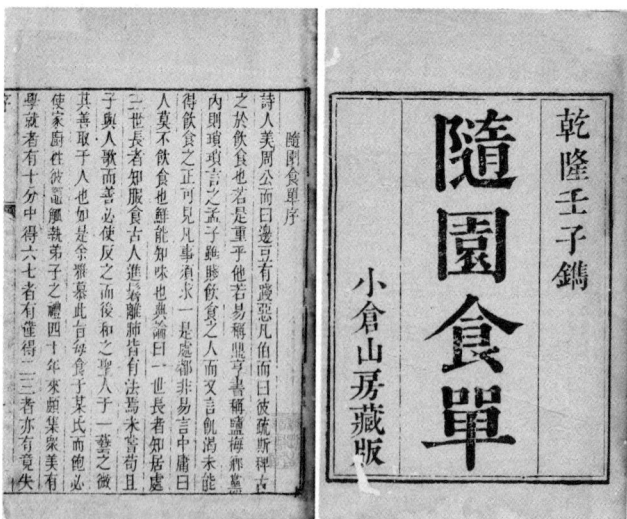

袁枚是美食家，这是他谈美食的著作

袁枚作诗，提倡"写性灵"，这跟明代的公安派、竟陵派观点一致。他还有一部论诗著作《随园诗话》，通过对诗歌的点评，阐述了他的诗歌理论。

跟袁枚齐名的还有赵翼（1727—1814）和蒋士铨（1725—1785），三人合称"乾隆三大家"，也叫"江右三大家"。赵翼有一组《论诗》诗很有名，其中一首写道：

> 李杜诗篇万口传，至今已觉不新鲜。
> 江山代有才人出，各领风骚数百年。

他说每一时代的文学都有自己的风格特色，每一时代都有自己的文学巨匠，今人不必跟在古人后头鹦鹉学舌。这见解的确不错！

清代词坛，纳兰独秀

清代的词坛十分繁荣。有位词人陈维崧（1625—1682），继承了苏、辛的豪放词风。他不但擅长写《满江红》《金缕曲》那样的长调，小令也写得慷慨豪壮。例如这首《南乡子·邢州道上作》，就有一股豪侠之气：

> 秋色冷并刀，一派酸风卷怒涛。并马三河年少客，粗豪，皂栎林中醉射雕！　残酒忆荆高，燕赵悲歌事未消。忆昨车声寒易水，今朝，慷慨还过豫让桥！

邢州即今天的河北邢台，这里古称"燕赵"，素多"慷慨悲歌之士"。词中的三河少年跨马弯弓，在秋林中射猎饮酒，追慕古代的孤胆英雄、侠士刺客。——这正是词人所期盼的生活吧？

朱彝尊（1629—1709）也是著名词家。他饱读诗书，出远门也要带上"十三经""廿一史"等大部头书籍，把客店堆得满满的。有个官员来看他，感慨道：我见客居京城的士人多是争名逐利之徒，"不废著述者，秀水朱十（朱彝尊排行第十）一人而已"！

酷爱读书的朱彝尊四处搜罗书籍，当上翰林后，曾偷偷带了抄书手到宫里抄录珍本书籍，事发后受到降职处分，可人们称这是"美贬"。他还用黄金貂裘买通藏书家的仆人，将善本书偷出来，雇多人连夜抄写，再偷偷送回，一时称为"雅赚（zuàn，骗）"。他一生藏书八万卷，还特地建起一座"曝书亭"。并花了八年时光，编选一部《词综》，收录从唐到元的两千多首词。他开创了浙西词派，跟陈维崧的阳羡词派分庭抗礼。

清代成就最高的词人，当数纳兰性德（1655—1685），他是满洲正黄旗人，爹爹纳兰明珠是康熙朝的大学士，曾主持朝政多年。纳兰性德二十岁

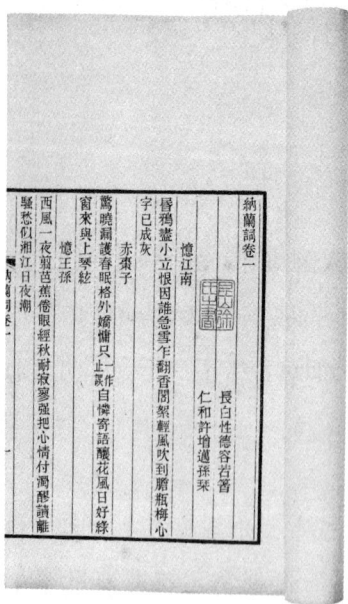

纳兰性德《纳兰词》书影

時中进士，做了康熙皇帝的侍卫。由于能文能武，很受康熙的赏识和重用。

可是纳兰却有着一颗诗人的心，总觉着在皇帝跟前不自由。他羡慕平民诗人的闲适生活，也结交了不少诗人朋友。

纳兰最喜填词，有一首《长相思》，是他跟随康熙东巡时写的：

> 山一程，水一程，身向榆关那畔行，夜深千帐灯。
> 风一更，雪一更，聒（guō）碎乡心梦不成，故园无此声。

军队驻扎在野外，风雪搅扰，词人睡梦难成。起来看到千百顶军帐里透出灯光来，那景象真是又静谧又壮观。

纳兰又有一颗温柔纤细的心，他那首《浣溪沙》，是一首悼亡词：

> 谁念西风独自凉，萧萧黄叶闭疏窗。沉思往事立残阳。　被酒莫惊春睡重，赌书消得泼茶香。当时只道是寻常。

纳兰性德与妻子卢氏感情深笃，鱼水和谐。可惜婚后不久妻子就亡故了。词人在秋风残阳中追念往事，悲从中来。"被酒""赌书"两句，是当年美好生活的两个近镜头。前者说妻子醉酒沉睡，自己小心翼翼，不敢惊动；后者则借宋代女词人李清照与丈夫赌书饮茶的典故，写自己与卢氏的生活情趣。——这些当时视为"寻常"的场景，今天想来，倍感珍贵，读者不难从中体会出词人的深深失落。

纳兰性德更欣赏五代和北宋的词，词风接近李煜，有人就称他"清朝李后主"。近代学者评论说："纳兰容若以自然之眼观物，以自然之舌言情。此由初入中原，未染汉人风气，故能真切如此！"（王国维）——可惜纳兰才高寿短，只活了三十岁。

古文三家，桐城压卷

清代的散文创作又如何？清初有三位散文家，号称"古文三大家"，他们是魏禧、汪琬和侯方域。

魏禧（1624—1681）是位抗清志士，明亡后，与另外八家人占据了宁都翠微峰，自成一个小社会，秘密筹划恢复。可惜势孤力单，没有结果，魏禧也中途染病而死。

魏禧的人物传记写得很出色。有一篇《大铁椎传》，记述一位身怀绝技却不为世用的奇人，那大概是作者自抒怀抱吧！

汪琬（1624—1691）是写人物传记的好手，他的《江天一传》记述一位因抗清而死的民间义士，写得栩栩如生。

侯方域（1618—1655）是明末复社名士，风流潇洒，名气很大。可惜明亡后被胁迫参加了清廷的科举考试，得中副榜，给自己的人生留下了污点。他写的《李姬传》记述了一位深明大义的秦淮名妓。文中的侯生，就是作者自己。——后来戏曲家孔尚任把这段感人的故事编成传奇剧本《桃花扇》，成为清代剧坛上的不朽之作!

清代最大的古文流派是"桐城派",这一派的主要作家方苞、刘大櫆(kuí)、姚鼐(nài),全都是安徽桐城人。——桐城派的名字就这么叫响了。

方苞(1668—1749)是桐城派的创始人。他的散文远承唐宋八大家,近宗明代归有光。方苞不光提倡古文,还创立了一套理论,说作文要遵循"义法"。——什么叫"义法"呢?义是指"言有物",法是指"言有序"。他的理论后来在姚鼐那儿又得到发展。

方苞的文章大都是一些谈经说理的文字,不过有些写人记事的杂记小品却很值得一看。《左忠毅公逸事》记录了明末忠臣左光斗的事迹。左光斗跟大太监魏忠贤做斗争,被关进东厂牢狱,打得血肉模糊。文中记述他的学生史可法到狱中看望他时,这样写道:

> 史前跪抱公膝而呜咽。公辨其声,而目不可开,乃奋臂以指拨眦,目光如炬,怒曰:"庸奴!此何地也,而汝来前!国家之事糜烂至此,老夫已矣,汝复轻身而昧大义,天下事谁可支拄者。不速去,无俟奸人构陷,吾今即扑杀汝!"因摸地上刑械作投击势。史噤不敢发声,趋而出。

左光斗刚直不屈的形象,通过这有声有色的描述,活生生地展现在我们眼前,让人肃然起敬!——方苞的散文代表作还有《狱中杂记》等。

安徽桐城文庙大成殿

方苞年轻时也写诗，曾拿给名家看，名家说：你的诗写得不好，白白浪费了才力，你不如全力写古文吧。方苞听了劝告，从此专攻古文，终成大家。——可见认清自己，找准方向，集中精力去做自己擅长的事，对一个有志于学的人是多么重要！

惜抱先生登泰山

"桐城派的第二位代表人物刘大櫆（1698—1779）比方苞小三十岁，他的文章深受方苞赏识。不过他只是个承上启下的人物，倒是他的学生姚鼐，发展了方苞的理论，成为一代文宗。"爷爷接着说道，"姚鼐（1732—1815）人称'惜抱先生'。他不满足以'义法'论文，进而提出'义理、考据、词章三者兼善'的理论，还说'神理气味、格律声色'是文章的八大要素。他又把文章风格分为'阳刚''阴柔'两大类，说阳刚之美和阴柔之美都是文章所需要的。——姚鼐自己的文章，是偏于阴柔的。

"《登泰山记》是姚鼐散文的代表作。文中记述作者冬日登泰山的见闻，其中观日出一段尤其生动：

> 戊申晦（huì），五鼓，与子颍坐日观亭，待日出。大风扬积雪击面。亭东自足下皆云漫。稍见云中白若樗蒱（chūpú）数十立者，山也。极天云一线异色，须臾成五采。日上，正赤如丹，下有红光动摇承之，或曰，此东海也。回视日观以西峰，或得日或否，绛皓（hào）驳色，而皆若偻。

这篇游记渲染出色，文笔精练，一个多余的字都没有，而画面尽出。前面一部分写一路游踪，连同里程数字及石阶级数都记录得一清二楚，又体现出桐城派重考据的特点。

"为了宣传桐城派的理论和主张，姚鼐还编选了一部《古文辞类纂》，选取了从战国到清代的散文，分成论辩、序跋、奏议、书论等十三类。这部书成为流传极

姚鼐《惜抱尺牍》书影

广的古文范本。"

沛沛问："爷爷，我听老师说，清代有位著名诗人叫龚自珍，怎么没听见您提到呢？"

爷爷回答："不错，龚自珍是19世纪上半叶有着启蒙色彩的思想家，也是近代改良主义运动的先驱。在文学上，他抛开了旧的形式教条，成为古代文学的终结者、近代文学的开山人。将来有机会聊近现代文学时，咱们再好好谈谈。"

蒲松龄与《聊斋志异》

附纪昀

蒲松龄在十字路口干啥

"跟明代一样，清代的小说和戏曲成就也高过诗文。"爷爷说，"就说小说吧，文言的、白话的，都有不少名作。如文言的《聊斋志异》《阅微草堂笔记》《子不语》等，白话的则有《红楼梦》《儒林外史》《醒世姻缘传》《水浒后传》《说岳全传》《隋唐演义》《说唐》等等。

"清代文坛有个特点：各种文学样式都有人尝试，并且取得了可观成就。就说文言小说吧，在唐传奇之后的七八百年间，有些星光黯淡。到了清初，却再掀高潮。有位私塾先生专攻文言小说，他的作品无论在思想上还是艺术上，都不输唐人传奇。他就是蒲松龄。

"蒲松龄（1640—1715），字留仙，别号柳泉居士，有人说他是回族，也有说他是蒙古族的。蒲家本是个大家族，世代读书。可是明末清初的战乱，使他家败落下来。蒲松龄的爹爹为了养家，不得不放下孔圣人的诗书，做起买卖来。

"蒲松龄自幼是个又聪明又用功的孩子。他订了个本子，每天早上在上面标上日子。这一天里，无论是作一篇文，还是习一篇字，都要记在日子下面。如果这天什么都没做，便惭愧得头上冒汗。

"十九岁时，他应童子试，一连在县、府、道考了三个第一名，受到学官的赏识。看样子，将来拿个举人、进士应该没问题。可谁承想，在后来的考试中，他却屡试不中，直到七十一岁那年，才熬上个岁贡生。

蒲松龄

"蒲松龄成家后，为了糊口，离家外出当塾师。长期设馆的这家人姓毕，是个官宦人家，家中藏书丰富。蒲松龄在这里读了不少书，经史、文学、农桑、医药，他全都感兴趣。

"大概由于蒲松龄的满腹才学没处倾倒，一肚皮牢骚没地方打发吧，他开始写起小说来。在他四十岁时，一部用文言写成的短篇小说集——《聊斋志异》已经初步完成。可他还是不断增补和润色，直到晚年，才算最后定稿。可以说，这部小说集凝聚了作者一生的心血。

"有个传说：蒲松龄为了写好《聊斋》，每天一大早便到十字路口热闹去处摆上个茶摊，请过往行人喝茶、抽"淡巴菰"（即旱烟，传自域外，这里是外语译音），条件是讲一个鬼狐故事。靠这个办法，蒲松龄搜集了大量民间传说。朋友们知道他这个爱好，一旦听到有意思的故事，也都写信向他复述。

"当然，写进《聊斋》的传说，全都经过了作者的精心选择和加工。而更多的故事材料，是蒲松龄自己从现实生活中观察、独立创作的。

《聊斋》的手抄本在作者活着时已在民间流传。后来又有多种刊印本出现，所收篇目多少不一。最多的一种，共收录四百九十四篇，要算是各种版本中最完备的了。"

辣笔讽科举，盲僧诮考官

现在山东淄博蒲松龄故居的书房——聊斋里，挂着一副对联："写鬼写妖，高人一等；刺贪刺虐，入骨三分。"这副对联，准确概括了《聊斋》的主旨。

聊斋是蒲松龄的书房名

《聊斋》是一部讽刺意味很强的书。书中对当时社会的种种弊端做了尖刻的讥讽，贪虐的官吏，横行霸道的豪强，戕害读书人的科举制度，摧残人性的封建礼教，都是作者讽刺和抨击的对象。——"刺贪刺虐，入骨三分"，一点儿不错。

《聊斋》的故事，

大都是借神话的形式写出来的。譬如，人可以变成老虎替兄报仇；小孩子的魂儿附在蟋蟀身上，蟋蟀便所向无敌；人跟鬼魂可以结为夫妇；花妖与狐女，也都像人一样可亲可爱。——"写鬼写妖，高人一等"，指的正是这些。

在抨击科举制的那些篇章里，《司文郎》很有代表性。一个生前怀才不遇、死后还念念不忘科考的鬼魂宋生，跟一位叫王平子的读书人交朋友，一心要帮对方考中进士，也好在朋友身上实现自己的夙愿。

可尽管如此，王平子还是名落孙山；倒是一位目空一切、品学低劣的余杭生中了举。什么缘故呢？原来那些考官本身都是些不通文墨的家伙，他们又怎能懂得文章的好坏？

故事里有位瞎和尚，专会品评文章。品评的方法很独特，是把文章用火点着，拿鼻子去闻。那位狂妄自大的余杭生开头还不信，烧了一篇名家文字；和尚吸一吸鼻子说：妙哉，这味道很受用。余杭生又拿自己的文章点着，和尚咳了几声说：别再烧了，我要作呕了！

考试完毕，余杭生榜上有名，不免得意扬扬。瞎和尚却说：我能闻出是哪位试官取了你。余杭生

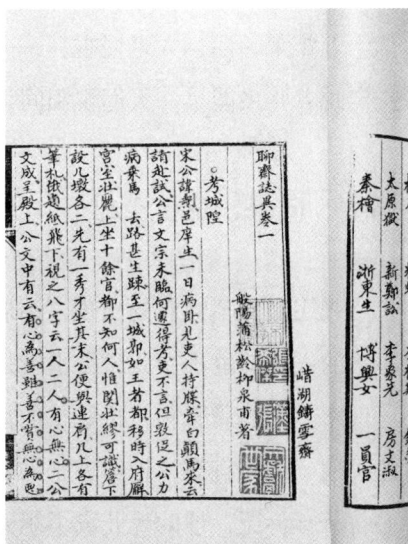

《铸雪斋钞本聊斋志异》书影

搜集了八九位试官的文章，一一点燃。烧到其中一篇时，瞎和尚猛地转身，"向壁大呕，下气如雷"！——这文章，正是余杭生的"房师"所作。瞎和尚感叹说：我虽然眼睛瞎了，鼻子还不"瞎"。至于那些考官，"并鼻盲矣"（连鼻子也"瞎"了）！

《于去恶》的主题也是抨击科举制的。于去恶跟前面这位宋生差不多，也是个科场失意的鬼魂。跟宋生不同的是，于去恶死后还热衷于阴间的科举考试。可是阴间跟阳间又有什么区别？尽管文章数一数二，他依然名落孙山。幸而张飞来阴曹巡视，看上于去恶的文章，推荐他当了"交南巡海使"，于去恶这才有了出头之日。

然而你不觉得可笑吗？一位鲁莽暴躁的武夫，倒成了最懂文章的人，这不是莫大的讽刺吗？据说张飞每隔三十年到阴曹巡视一次，每隔三十五年到阳间巡视一次。蒲松龄因而叹息道：唉，三十五年来一回，太迟慢啦！——蒲松龄一生深受科举之害，他一定盼着张飞能早一天巡视阳间，铲除不平呢！

席生、向杲，反抗英雄

张飞当然不会真的出现，不过在蒲松龄笔下，勇于铲除人间不平的人物却也不少。席方平就是其中的一位。

席方平的爹爹跟一个姓羊的富人有仇。姓羊的死后，借着财势买通了阴间官吏，把席方平的爹捉到阴间百般摧残。席方平决心替爹爹诉冤，他的魂儿离了躯壳，飘飘悠悠到了冥界。

可阴间的官吏们受了贿，不但不为席方平主持公道，反而百般折磨他，又是杖打又是火床烙的，还把他夹在两块板子中间，拿大锯来锯。为了防备他继续告状，冥王又派鬼卒押他到一户村民家中托生。托生后的席方平不甘心就这么受人摆布，三天不吃奶，饿死后又回到阴间。

最后，还是灌口二郎神接了他的状纸，惩治了一伙阴间的贪官酷吏，席方平终于把爹爹救出了阴间。

邮票里的《聊斋》：席方平的故事

席方平是个勇于抗争的平民形象，无论遇到什么困难，他都不泄气不退缩，有一股不达目的决不罢手的劲儿。对这样的人，连阎王老子也觉着挠头；就是小鬼们，也都暗暗佩服他呢！

《向杲（gǎo）》里的主人公，反抗精神更强烈。向杲的哥哥被一个姓庄的阔公子打死了。为了给哥哥报仇，向杲整天揣着刀子在庄氏常来常往的路边埋伏着。可姓庄的戒备森严，随身带着保镖，轻易下不了手。

有一回，向杲正伏在路边草丛里，突然下起暴雨，接着便是狂风冰雹，不知不觉地，向杲竟变成一只老虎。姓庄的从这儿路过，老虎猛地扑上前，咬掉了他的脑袋。——蒲松龄在篇末感叹说：天底下有那么多不平事，真应该多一些老虎才是啊！

小小促织定死生

　　还有一篇《促织》，通过神奇的情节，揭露封建社会的黑暗与不公。——皇上爱斗蛐蛐儿，命令民间年年进贡上好的蛐蛐儿供他玩乐。这下子老百姓可遭了殃，谁要是摊上贡奉蛐蛐儿的差使，非倾家荡产不可！

　　有一年，这倒霉的差使让书生成名摊上了。他穷得要死，哪来的钱买好蛐蛐儿去？只好自己动手，天天早出晚归，到乱草丛、石头缝儿里去寻觅。后来在一个神婆的指点下，好不容易逮着一只一流的蛐蛐儿，谁承想成名的小儿子一不小心，竟把蛐蛐儿拍死了。小孩子一害怕，就跳了井。等人捞上来，已昏迷不醒，成了"植物人"！

　　就在成名痛不欲生的当口，门外忽然响起蛐蛐儿的叫声。等成名赶出门捉到手，却又有点儿失望：那蛐蛐儿虽然模样不错，个儿却小了点儿。不过这只小蛐蛐儿却是个出色的家伙，它不但斗败了村里数一数二的蛐蛐儿，竟然还治服了一只大公鸡！

　　小蛐蛐贡奉到皇帝面前，皇帝老子不觉龙颜大悦。成名也因而被免除徭

白石老人笔下的促织

役，还进了学校，家道也一天天兴隆起来。——一年以后，成名的儿子忽然醒来，他自述在梦中变成一只蛐蛐儿，轻捷善斗，到今天才苏醒。

统治者的一个小小爱好，竟搞得老百姓家破人亡。这样的事儿，在封建社会并不少见。成名靠着读书没能发迹，凭着逮蛐蛐儿却成了大富豪；这样的描写，是不是也包含着作者的牢骚和不平呢？

花妖狐魅，义重情深

在《聊斋志异》里，占数量最多的，要算爱情故事。而爱情的女主角，又有不少是花精、狐仙甚至女鬼。

有一篇《香玉》，写黄生在崂山下清宫借住读书。一次他在宫中遇上两个美丽姑娘，一位白衣，一位红裳。白衣姑娘叫香玉，对黄生格外眷恋，两人夜夜相会，情投意合。有一夜，香玉哭着向黄生道别；第二天，下清宫里一株一丈多高的白牡丹被人挖走了。黄生这才明白，香玉原来是牡丹精！

白牡丹移到人家，便枯死了。黄生悲痛极了，写了诗去哭祭她，刚好碰见红裳姑娘。渐渐地，这位名叫绛雪的红裳姑娘，成了黄生的良友和诗伴。——绛雪自然也不是凡人，她是宫中一棵两丈高的耐冬树。

大概是黄生的真情感动了造物主吧，在黄生的殷勤照料下，白牡丹重新发芽开花，香玉终于又回到黄生身边。黄生死后，下清宫白牡丹旁生出了一棵粗壮的牡丹，不用说，那是黄生的化身！

花妖变作人形，来跟书生做伴。书生又化作花株，去陪伴花妖。你看，只要有了真挚的感情，人和花之间的差别又算得了什么？

在蒲松龄的笔下，狐狸也通达人情。《青凤》就写了一个人狐相恋的故事。有个大户人家有座荒废的大宅院，相传里面常常闹鬼，没人敢住。主人的侄子耿去病是个狂生，他偏偏不信邪！

有一回，他深夜闯进宅去，见一对老夫妻，带着一男一女两位年轻人，正在楼上点着明晃晃的蜡烛喝酒呢！那小伙子是老夫妇的儿子，姑娘是他们的侄女，名叫青凤，长得美如天仙！——耿去病一下子迷上那姑娘。可青凤的叔叔却从中作梗，全家竟不辞而别，不知去向。

一年以后，耿去病偶然救了一只被猎狗追赶的小狐狸，那狐狸原来就是青凤。从此，一对有情人结为连理。两年后的一个夜晚，青凤的堂兄——就是当年在楼上一同饮酒的小伙子，来找耿

《青凤》插图（房绍青绘）

去病，哀求他救老爹一命。耿去病虽然余恨未消，却还是答应了。

第二天，耿生的朋友莫三郎打猎路过耿家，耿生见猎物中有一只受伤的黑狐，便借口要补皮袍子，向三郎讨了下来。受伤的黑狐在青凤怀里昏睡了三天，醒来后变作老叟模样，那正是青凤的叔叔！

大家尽释前嫌，从此亲密得像一家人一样。——爱情打破了人和狐的界限，故事里的人情味儿，叫人感到温暖。

画皮识鬼魅，道长惩慵徒

《聊斋》里的狐狸大都聪明可爱、善良多情。相反，倒是一些人，披着一张人皮，却长着一副魔鬼的心肠。有一篇《画皮》，讽刺的就是这么一种社会现象。

有个王生，在路上遇到个漂亮姑娘，便勾引人家回家，日日厮混。有一回，王生由窗外偷看，发现哪里是什么美人，屋里只有个面貌狰狞、"翠面锯齿"的厉鬼，正把一张人皮铺在桌上，用彩笔描画呢！厉鬼描罢把笔一扔，拿起人皮抖一抖，披在身上，于是又化作漂亮姑娘。——后来幸亏有

《画皮》插图

个道士出手相助，王生才免于一死。

作者怎么会写这样一个故事呢？他一定是看够了世间那些人面兽心的家伙，心中才产生了这样的创作欲念吧！

《聊斋》中有意思的故事还多着呢。像那篇《崂山道士》吧，写一个一心想得道成仙的富家子弟王七，在崂山道观里修行，却又怕苦嫌累，中途打退堂鼓，还非磨着师傅教他一手本领不可。后来他学了钻墙穿壁的绝招儿，得意扬扬地跑回家去向妻子夸耀。不想法术失灵，一头撞在坚硬的墙上，头上撞起了大包！

《聊斋》的题材十分广泛，除了带有神话色彩的，还有不少纪实性的。像那篇《地震》，就真实记录了清代康熙年间发生在山东的一次大地震。《胭脂》则记录了一个真实的断案故事，里面并没有什么神啊鬼啊的情节。

《聊斋》故事全都是短篇，最长的也不过三四千字，短的甚至只有二十几个字。尽管是用文言写成，描写却是那么简洁生动。人物刻画个性鲜明，没一个重样儿的。单是年轻姑娘的形象，就有美丽端庄的、天真烂漫的、心情悲苦的、活泼乐天的、娇柔怯弱的、性情刚烈的……音容笑貌，各不雷同。

你读着《聊斋》，就像走进一条五彩缤纷的人物画廊，眼花缭乱，看都看不过来。每个故事的情节安排也都显出作者的聪明和匠心，曲折而有味，让人读完一个，马上想看下一个。

纪晓岚没有"大烟袋"

沛沛说："以前我翻过《聊斋志异》，总觉着文言难懂，看两行也就放下了。"

爷爷说："对你来说，文字是深了点儿。可什么事都是循序渐进的。先找带注解的选本，从浅显的短段读起，渐渐就跟看白话一样了。

"其实跟《聊斋》类似的文言小说，清代还有不少，像沈起凤的《谐铎》、和邦额的《夜谭随录》、袁枚的《子不语》等等。影响较大的，还有纪昀（yún）的《阅微草堂笔记》。"

沛沛说："纪昀就是领衔编纂《四库全书》的纪晓岚吧？"

爷爷说："就是他。纪昀（1724—1805）字晓岚，是乾隆嘉庆年间的大学者，《四库全书》的总纂官。他的官儿最高做到礼部尚书，可也有着被贬新疆的辛酸经历。

"纪昀学识渊博，见多识广，编纂《四库全书》之余，写写一生的所读所想、所见所闻，而这部《阅微草堂笔记》，也带上内容广博的特点。里面不但有志怪故事，也有不少现实内容。

"举个例子。有个老塾师，在月下给学生讲《诗经》，滔滔不绝。忽然来了个相貌古怪的老者，一问，竟是毛苌！——你应该记得，就是汉代专门解说《诗经》的那位老先生。

"塾师很高兴，向毛苌求教。毛苌说：刚才我听你讲课，怎么一句也听不懂啊？这

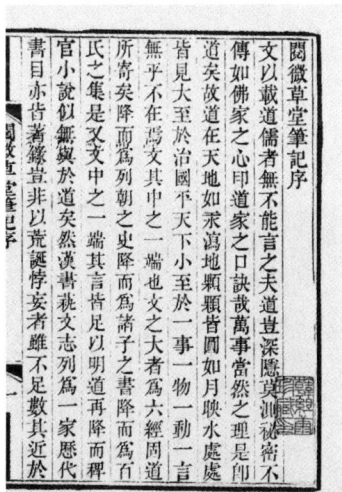

《阅微草堂笔记》书影

故事分明是讽刺学识浅薄的教书先生，说他们对经书的解读完全背离了经书本义！

"纪昀的写作主张跟蒲松龄的不大一样，他不赞成虚构故事，认为一切应当照实记录。这么一来，《阅微草堂笔记》的文学味儿就大大降低了，成就自然比《聊斋志异》差不少！"

第 **48** 天

戏曲绝唱：《长生殿》与《桃花扇》

附李玉等

明末清初，剧坛二李

"今儿个咱们谈谈清代的戏曲。演戏观剧本来是太平盛世的雅事，可明末清初的战争对戏曲打击不小！好在写剧本的人还在，因而在这改朝换代之际，也仍有好的作品产生。"爷爷穿上沛沛递过来的外衣，手里捧着热腾腾的茶杯，在藤椅里坐稳，开口说道。

"从谁谈起呢？先说说清初的李玉和李渔吧。李玉（约1602—约1676）生于明末，入清后不肯做官，只跟一批布衣文人交往，专心创作戏曲。这一派的戏曲朴实自然、贴近生活。因作者多是苏州人，所以称'苏州派'。

"李玉一辈子作了四十多个剧本，'一、人、永、占'四个剧本写于明末，即《一捧雪》《人兽关》《永团圆》和《占花魁》。李玉号一笠庵主人，这四本戏又称'一笠庵四种曲'。

"李玉的传奇代表作是《清忠谱》。咱们前头不是提到张溥的《五人墓碑记》吗？《清忠谱》写的，正是发生在苏州的那次民变。戏的主人公是东林党人周顺昌，他曾公开表示对魏忠贤不满，结果遭到逮捕。市民颜佩韦等五位义士振臂一呼，聚集了上万人，到官府请愿，还打死魏忠贤派来的校尉。后来这五人都英勇就义，周顺昌也死在狱中。

　　"作者把慷慨壮烈的气氛和如火如荼的场面写得那么激动人心，剧本忠于史实，这对后来戏曲《桃花扇》等，也产生了一定影响。他还编了一部《北词广正谱》，吴伟业称赞说：'骚坛鼓吹，堪与汉文唐诗并传不朽。'这个评价可不低！

　　"清初另一位戏曲家李渔（1611—1680），不但能写剧本，还有一套理论呢。他在《闲情偶寄》一书中，提出写戏先要'立主脑'，就是要有主要人物和事件，顶忌讳头绪纷繁、旁逸斜出。他还说剧本要'密针线'，就是结构严密，不能有破绽、漏洞。至于戏曲语言，得适合唱和听才行。唱着拗口，听着吃力，都不是好曲词。

　　"李渔说的，全是经验之谈。他的剧作有《笠翁十种曲》，包括《意中缘》《风筝误》《比目鱼》等，都写得不坏，特别适合在

李渔故里芥子园

舞台上演出。李渔还自组戏班，戏班子的成员，就是他家的妻妾和丫鬟！李渔带着家庭戏班四处献演，名义上是拜访朋友，实则是'打抽丰'，也就是以好听的借口向人索要钱财。二十年间，几乎跑遍了南北各省，赚了不少银子，也饱受争议。——有人认为他给士大夫丢了脸，他却说：比起某些在两朝为官的士大夫，我赚的银子干净多啦！

　　"除了李玉、李渔，清初还有好几位戏曲家，像朱素臣、尤侗等，但最著名的两位是洪昇和孔尚任。"

洪昇究竟得罪了谁

　　洪昇跟孔尚任都生活在顺治、康熙朝，两位一南一北，人称"南洪北孔"。

　　洪昇（1645—1704）是杭州钱塘人。他出生那年，明朝刚刚灭亡，江南的战乱还没平息呢！洪昇娘怀着身孕外出逃难，在一户农家的门板上生下了他。

　　洪家在钱塘是大族，从南宋起就书香不断。洪昇从小受到很好的教育；二十四岁那年，又到北京国子监读书。在那儿，他受到名师指点，又结交了不少名士朋友。他的诗文，在北京还很有点儿名气哩。

　　洪昇是国子监的"老学生"，一待二十年，始终没捞上个官儿做。这大概因为他为人坦直，常喜欢发议论，不受上司待见的缘故吧！这期间，他家还发生过变故：爹爹被人诬陷遭发配，洪昇为了营救爹爹，东奔西走。一大家人的生活担子，也都落在他的肩膀上。

还有倒霉的事儿等着他呢。就在四十四岁那年，洪昇被革去国子监生的功名，不得不回老家去。究竟为什么呢？这还得从他那本有名的传奇《长生殿》说起。

洪昇顶喜欢写剧本，写过八九个，可花心血最多的，就是这部《长生殿》。前后三易其稿，断断续续写了十几年，剧名也改了两三回，先是《沉香亭》，后改《舞霓裳》，最后才定名《长生殿》。——"慢工出细活"，戏一上演，可就唱红了。人们争着传抄剧本，哪位演员会唱《长生殿》，身价立涨！

京城有个叫"内聚班"的昆曲戏班子，本来快散伙了，可《长生殿》一出来，给戏班带来了生机。为了感谢这位作者，班主决定为洪昇来个专场演出，请他邀集亲朋好友，全来看戏。

到了这一天，戏园中高朋满座，宾客如云；洪昇脸上也格外光彩。可谁料想就在这锣鼓声里，大祸已经临头了！——原来有个姓黄的御史没有接到请柬，他断定洪昇瞧不起他，于是向朝廷奏了一本，说是演戏那天，正是皇后的丧期，照规矩禁止一切娱乐活动！

这么一来，看戏的都倒了霉：凡是有官衔的，一律革职！洪昇自然更不能幸免，被

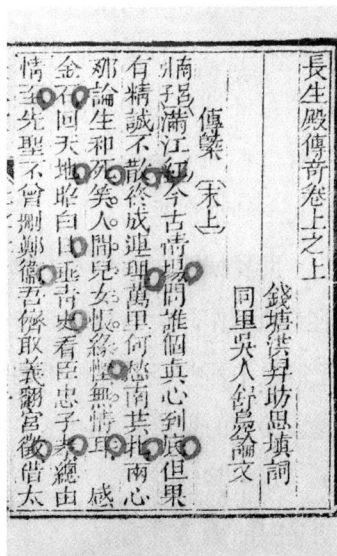

《长生殿传奇》书影

赶出国子监，回到南方老家。后人写诗感叹："可怜一曲《长生殿》，断送功名到白头！"——不过也有人说，洪昇早就惹统治者不高兴了，这一切只是个借口。

此后，他郁郁寡欢，在山水诗酒之间，排遣心中的忧闷。六十岁那年，江南织造曹寅——就是《红楼梦》作者曹雪芹的祖父，请洪昇到南京去看戏，演的是全本《长生殿》，一共演了三个夜晚。洪昇别提多高兴了，喝了不少酒。在回去的船上，失足落水而死，令人惋惜！

《长生殿》：李杨旧题谱新声

《长生殿》给洪昇带来欢乐，也给他带来不幸。洪昇一生荣辱，总跟这部戏搅在一起。那么《长生殿》写的什么内容呢？说来不陌生，写的是唐明皇和杨贵妃的故事。这个题材，早有人写过了，最早是白居易的《长恨歌》和陈鸿的《长恨歌传》，后来又有白朴的《梧桐雨》。同一题材的戏曲、话本、诗歌，可以举出几十种来！

洪昇偏偏在一个人人熟知的题材上做文章。原因是他看不上前人的创作，决心写一部传奇来压倒群芳，他果然说到做到。他把传说中那些经不起推敲的情节都删除干净，专心一意在唐明皇与杨贵妃的真挚爱情上落墨下笔。

戏中写杨玉环被册封为贵妃后，排斥其他妃子宫女，成了唐明皇跟前最受宠爱的一个。唐明皇整天跟杨贵妃游宴玩乐，不理朝政。七月七日那天，两人在长生殿里对着天上的牵牛、织女发下誓愿，但愿世世代代永做夫妻。

然而如同晴天霹雳，渔阳节度使安禄山发动叛乱，铁骑直捣长安。唐明皇慌了手脚，带着杨贵妃、杨国忠等仓皇逃往蜀地。走到马嵬驿，随行的士兵拒绝前进。他们杀掉了专权误国的杨国忠，又要求除掉杨贵妃。唐明皇万般无奈，眼睁睁看着贵妃让人牵走勒死。

在蜀地躲避了一阵子，唐明皇又回到长安。——失掉了皇位，他不在乎，他痛苦的是再也见不到贵妃！有个道士自称能寻觅死者的魂魄，他在蓬莱仙岛中找到了已经成仙的贵妃，并给唐明皇带回两人定情的信物——金钗一股、钿盒一扇。最终，这一对帝王妃子，在月宫中重新团圆。

有人较真说：皇帝和妃子还能有什么真正的爱情吗？他不明

《长生殿》剧照

白，历史跟文学压根儿是两码事。洪昇只是借唐明皇和场贵妃两个历史名人，来写他心目中生死不渝的爱情。你看，江山可以抛弃，爱情却不能忘怀，这爱情有多么深永！死者不能复活，魂魄却还要团聚，真正的爱情，连生死的界限都超越了！——有人评价说，这是一部"闹热的《牡丹亭》"，两者确实有相似的地方。

莽天涯谁吊梨花谢

洪昇生活的时代离明亡不远，《长生殿》里流露出对异族叛臣安禄山的憎恨以及对降官的鄙视，无疑出自作者哀悼亡明的心理。作者借剧中乐工雷海青之口，把安禄山和满朝文武降官骂个狗血喷头，清朝贵族听了这样的台词和唱段，一定浑身不舒服。洪昇被革职，大概就有这一层原因吧！

不过在观众中，《长生殿》却是大受欢迎。这不仅因为剧情感人，也因曲词写得非常出色。举《弹词》一出中的〔七转〕做例子：

·

> 破不剌马嵬驿舍，冷清清佛堂倒斜。一代红颜为君绝，千秋遗恨滴罗巾血。半棵树是薄命碑碣，一抔土是断肠墓穴。再无人过荒凉野，莽天涯谁吊梨花谢！可怜那抱幽怨的孤魂，只伴着呜咽咽的望帝悲声啼夜月。

这是宫廷乐师李龟年流落民间时所唱，共九支曲子，叙述了唐明皇和杨贵妃的恋爱经过。〔七转〕是其中第七支，咏叹玉环死后埋在荒凉的马嵬驿，陪伴她的只有冷风孤月，言外流露出作者对女主人公的深切同情和悲悼。

洪昇还精通音律，受到行家的推崇。全剧各出的音乐都做了精心设计和推敲，特别适合舞台演唱。——优美的曲词配上动听的音乐，难怪观众们都如醉如痴！唐明皇、杨贵妃的爱情题材，到洪昇这儿，算是写绝了！

孔尚任十载赋《桃花》

谈罢"南洪"，再说说"北孔"。

孔尚任（1648—1718）是山东曲阜人。不错，曲阜是孔子的家乡，孔尚任本人就是孔子六十四代孙。他十九岁上考取秀才，有一段时间在曲阜东北的石门山隐居读书。由于几次参加科考没能中举，他卖掉田产捐了个监生。

三十六岁那年，康熙皇帝南巡路过曲阜，孔尚任登堂讲经，还陪同康熙观览孔林，很受康熙的器重，被破格提拔为国子监博士。孔尚任自然是满怀感激。

有一阵子，孔尚任还被派到扬州去治河。在那儿，他亲眼看到官场腐败、民不聊生的社会现实，还跟几位前朝遗民交上朋友，又搜集了不少南明王朝的史料素材。

回京后，他又做过几任闲官。无聊时就玩玩古董、搜寻点儿旧书什么的。他写了一本传奇剧本《小忽雷》，便是由古董乐器"小忽雷"引发的故事。他的兴趣也由此转到戏曲创作上，于是有了这本传奇名剧《桃花扇》。

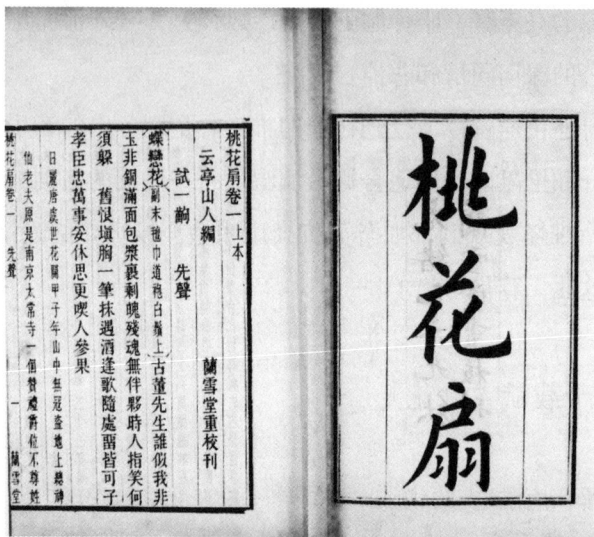

《桃花扇》书影

　　跟《长生殿》相似，孔尚任的《桃花扇》也三易其稿，精心结构。十多年的心血没有白费，《桃花扇》一出来，就轰动了京师。王公大臣纷纷借抄剧本，戏台上也天天搬演，整年没有间断的时候。有一回，宫里也派人向他索要剧本。可剧本送进去了，却没了下文。可能皇上对他的《桃花扇》并不满意吧——统治者怎么能满意呢？《桃花扇》写的，原来是哀悼明朝覆亡的题材啊！

桃花扇底送南朝

　　故事是从复社名士侯方域和秦淮名妓李香君的爱情说起的。时当明末，侯方域在南京结识了美丽的李香君，并赠她一把题了诗的宫扇做定情物。两人结合的这天，有个朋友杨龙友赠送了丰厚的礼物。——可第二天才知道，这些礼物原是阮大铖托杨龙友送的。

阮大铖是何许人？他曾是大太监魏忠贤的走狗，随着魏忠贤的倒台被罢了官。他不甘心就这么退出政坛，见复社名士正得意，他就削尖了脑袋往复社里钻。而侯方域在复社中挺有声望，自然也就成了阮大铖拉拢的对象。

面对送来的厚礼，侯方域感到为难：他觉着阮大铖既然已经低了头，自己又何必那么较真呢？李香君的态度却十分坚决，她说：阮大铖这种人廉耻丧尽，人人痛恨。跟这种人交往，又把自己摆在什么地方？

香君当场脱去阮大铖送来的衣裙首饰，说是"脱裙衫，穷不妨；布荆人，名自香"（布荆：指布衣荆钗，是贫寒装束）。——香君的决绝态度让侯方域受到震动，幡然醒悟，当面拒绝了杨龙友的拉拢说合！

李自成攻陷北京，崇祯皇帝上了吊。这一年，马士英、阮大铖在南京迎立福王，建立了南明政权。可是这伙儿昏君奸臣并不认真抵抗清军，只顾寻欢作乐、醉生梦死！

由于阮大铖的逼迫，侯方域早已逃走。阮大铖又来逼迫香君，香君不肯屈服，以头撞地，鲜血溅洒在那柄定情的宫扇上！杨龙友感动之余，把扇上的血迹点染成朵朵桃花。

后来香君到底被阮大铖抓走。她在筵席上痛骂马士英、阮大铖，说他们是太监的干儿义子，是"绝不了"的"魏家种"。结果，香君被禁闭在宫中。

清兵南下，南明政权内部争权夺利，掌握重兵的将军们还没跟敌人开战，自己倒先动起手来。江南的半壁河山，很快也瓦解冰消！

侯方域跟李香君不约而同逃到了栖霞山，在白云庵里又见了面。在追荐明代殉国君臣的祭坛上，侯、李二人正待重叙旧情，主祭的张道士向他们喝道："呵呸，两个痴虫，你看国在哪里，家在哪里，君在哪里，父在哪里——偏是这点花月情根，割他不断么？"方域和香君猛然醒悟，于是两人双双换上道袍，分头入山修行去了。那把桃花扇也被张道士撕得粉碎！

"白骨青灰长艾萧，桃花扇底送南朝"——侯、李的爱情，连同南明王朝，便在这哀婉凄凉的歌声里一同了结！

借离合情，抒兴亡感

《桃花扇》是一部历史剧，剧中的人物和事件全是真实的。前头说过，侯方域是明末清初的著名文人。他曾写过一篇《李姬传》，记述自己跟深明大义的秦淮名妓李香的一段姻缘。《桃花扇》就是根据这件实事敷衍成的。

剧中的李香君是作者着意刻画的正面人物。她跟从前戏剧中的女子形象全然不同。像崔莺莺啊，杜丽娘啊，她们的抗争与追求，总是落在个人目的上；李香君虽然身份低贱，她心里想的，却是国家民族的大命运。她爱侯方域，不光爱他风流潇洒，更爱他是复社名士，在政治斗争中代表着正义的一方。她有头脑、重名节，不畏权势，大义凛然，在关键时刻，侯的立场反而不如她坚定！

侯方域也是戏中的正面形象，可作者借着歌颂香君，对他的软弱与动摇多少做了批判。不过作者还算笔下留情。因为在历史上，侯方域最终降清，还考取了功名。孔尚任写《桃花扇》是为了抒发亡国之恨，对于主人公的污点，当然不能不做一点儿粉饰喽！

剧中的杨龙友也是个有趣的角色。他世故圆滑、八面玲珑，跟复社人物和阉党余孽都有来往，说不上是好人还是坏人。——不过生活本身就是色彩斑斓的，从这个人物身上，我们正可看出孔尚任塑造人物的高明之处来。

"借离合之情，抒兴亡之感。"《桃花扇》所抒发的兴亡之感是深沉痛切的。就在侯、李入山修行以后，作者像是意犹未尽，又加写了一出《余韵》，借一渔一樵两位遗民之口，把对明朝的怀念、哀悼抒写得淋漓尽致。这一出里有一套北曲《哀江南》，以七支曲子写明亡后南京的残破景象，处处跟当年的繁华做比照，写得声泪俱下。且看最后一曲：

〔离亭宴带歇指煞〕俺曾见金陵玉殿莺啼晓，秦淮水榭花开早，谁知道容易冰消。眼看他起朱楼，眼看他宴宾客，眼看他楼塌了。这青苔碧瓦堆，俺曾睡风流觉。将五十年兴亡看饱。那乌衣巷不姓王，莫愁湖鬼夜哭，凤凰台栖枭鸟。残山梦最真，旧境丢难掉，不信这舆图换稿。诌一套哀江南，放悲声唱到老。

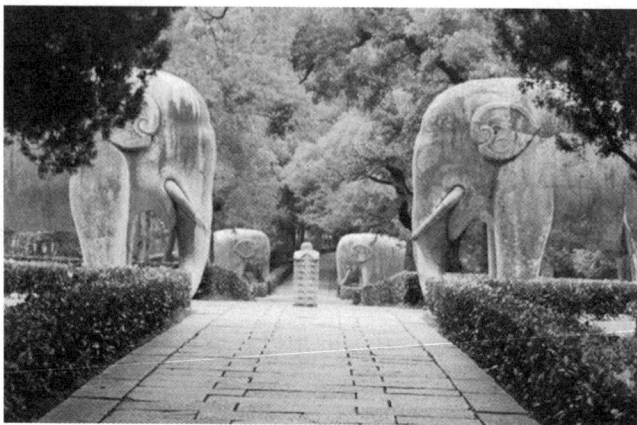

南京明孝陵

可能因为《桃花扇》哀悼亡明的情调太浓重，遭清代统治者忌讳吧，不久，孔尚任便被免职，回了曲阜老家。这以后，他一直在家乡隐居。虽说也有过几次远游，可直到七十岁在石门山病逝为止，他再也没有做官。

《桃花扇》是一部很有分量的传奇作品，曲词优美，饱含着情感，宾白也写得很生动，这部戏，也便成为明清传奇的压卷之作！

传奇衰落，杂剧淡出

"明清的传奇创作，在《长生殿》和《桃花扇》之后便进入了低潮。"爷爷见沛沛有些不解，又补充说，"这是由于文人过于偏爱昆曲这种形式，曲词写得越来越典雅，音乐的节奏也越来越缓慢，再加上内容不吸引人，观众的兴趣便渐渐转移到

'花部'——也就是其他地方戏上去了。昆曲呢，从此走了下坡路。

"当然，仍有不少人写传奇，但是平庸之作太多，只有少数作品还有特色。像蒋士铨的《临川梦》，把汤显祖'临川四梦'里的人物一股脑儿拉到同一座舞台上来，让人耳目一新。这应该说是最早的荒诞派戏剧了！

"杂剧的境况就更凄凉。清初时还有几个遗民借杂剧的形式缅怀故国，抒发遗恨。这以后杂剧更是夕阳西下。不过雍正、乾隆年间有个叫杨潮观的还应提一句。

"杨潮观（1710—1788）作过三十二本杂剧，全是单折的，合称《吟风阁杂剧》，内容大多是借古讽今。像《穷阮籍醉骂财神》，写阮籍醉骂'万能'的金钱，其实揭示的却是世道不公的社会问题。从这痛骂声里，我们可以看到作者那愤愤不平的心！

"杨潮观是最后一位有成就的杂剧作家。《吟风阁杂剧》就像戏曲结尾时的一曲唢呐腔儿，杂剧艺术经过元代的轰轰烈烈和明清的惨淡经营，终于在这唢呐声里落下了帷幕。"

《吟风阁杂剧》书影

第 **49** 天

吴敬梓与《儒林外史》

附清代其他小说

清初长篇，《隋唐》《说岳》

"今天说说清代的白话小说，"爷爷说道，"清初有一部《水浒后传》，顾名思义，是《水浒传》的续书。书中写三十几位在世的梁山好汉及其后人，因官府压迫而重举义旗，李俊成了这伙好汉的领袖。他日后率众出走海外，在暹（xiān）罗国当了国主。——《水浒传》的读者看到梁山好汉遭奸臣迫害，没有一个不郁闷的。可读了《水浒后传》，看到梁山事业发扬光大，顿时觉得吐了一口气！

"《后传》的作者陈忱（1615—约1670）是明末遗民，一生贫困，却不肯投靠清政府。他写李俊一伙到海外称王，大概另有深意。清初郑成功从荷兰人手中夺回台湾，坚持抗清，小说中海外称王的李俊，是不是影射这位民族英雄？

"演说隋唐历史的小说也有不少佳作，如袁于令（1592—约1672）的《隋史遗文》，褚人获（1635—1682）的《隋唐演义》和无名氏的《说唐全传》等。

"《隋唐演义》着力写隋炀帝、唐明皇的宫闱生活，捎带写隋末英雄的反抗活动。《说唐全传》也写隋唐故事，重点却放在瓦岗寨众英雄的反隋斗争上。'秦琼卖马''程咬金三斧头'等片段，都成了老百姓熟悉的谈资。

"另一部流传很广的小说是《说岳全传》。有关岳飞的故事，在明代已经成书，早先有《大宋中兴通俗演义》《武穆演义》《精忠全传》等。清代的钱采、金丰在此基础上再度创作，于是有了这部精彩的岳飞传记。

《说岳全传》书影

"岳飞自幼丧父，全靠寡母把他拉扯大。为了激励儿子报国，岳母在岳飞背上刺了'尽忠报国'四个字。以后岳飞指挥岳家军奋战在抗金战场上，最终受昏君奸臣的迫害，以'莫须有'的罪名，被杀害在风波亭。这部小说在民间影响很大，还被编成戏曲在舞台上演出。人们崇敬这位民族英雄，大概跟清代百姓的民族情绪有关吧？敌酋金兀术之流，不正是满族统治者的祖先吗？

"清初还有一部章回小说《醒世姻缘传》，讲述一个两代姻缘冤冤相报的荒诞故事。然而文笔生动，人物活泼，对话中夹着大量山东方言，艺术上不在《金瓶梅》之下。作者署名为'西周生'，有的学者说，这是蒲松龄的笔名。"

沛沛问："爷爷，《红楼梦》是清代小说里水平最高的吧？"

爷爷说："何止是在清代小说里，在所有的白话小说中，《红楼梦》都是最顶尖的作品！——其实清代还有一部《儒林外史》，水准也不低，这两部成为章回小说中光芒四射的双子星！

"今天咱们先来看看《儒林外史》，明天讲《红楼梦》。"

吴敬梓的"败家"人生

吴敬梓（1701—1754）出生在书香门第，家族中出过好几位进士，还出过榜眼、探花哩。可他爹爹功名不显，只做过教谕，相当于县级官学的校长。不过他对孩子的教育从不肯放松。

吴敬梓十三岁时死了娘，以后便跟着爹爹在外地读书。二十三岁那年，他考中秀才，可就在这一年，爹爹去世了。族里的人为了争遗产，几乎动起武来。吴敬梓看透了这群乡绅的龌龊内心，好像突然长大好几岁。

这以后，他不愿在家乡待着，便常到南京去游逛。在那个繁华的都市里，他广交朋友，挥金如土；不上十年，家里的田产就全让他变卖光了。族里人骂他是"败家子"，还拿他当坏样板告诫子女。吴敬梓没法儿在家乡待下去，便索性搬到南京去住。

在南京，吴敬梓还是那么豪爽好客；喜欢喝酒谈文的人，把他推为盟主。渐渐地，他对科举的热情也消退了。他放弃了一位高官推荐他参加博学鸿辞考试的机会，对那些钻研八股文的人，也越来越看不起。

可吴敬梓还是那么爱读书。他才华极高，写文作诗一挥而就，仿佛早就打好底稿似的。有一回出门，朋友见他的行囊中连笔砚都没有，觉得很奇怪。他却笑着回答：我的笔砚都在胸中呢！

然而坐吃山空，他的日子一天比一天难过。家徒四壁，身边只剩几十本书。数九寒冬，夜里冷得睡不着，他便招呼五六个读书朋友出城夜游，绕着城墙一走就是几十里，一边还谈诗论文、大呼小叫的，倒也不寂寞。等天亮了，大家哈哈一笑，各自回家睡觉。——戏称这是"暖足"。

五十四岁那年冬天，吴敬梓到扬州去访友。他跟朋友喝酒谈天，不觉伤感起来，把唐人张祜"人生只合扬州死"的诗句一连诵读了好几遍。几天后，他再度跟朋友饮酒，回到寓所，突然发病死去，果然应了"只合扬州死"的话头。

《儒林外史》大概是吴敬梓五十岁以前的作品。怎么叫"儒林外史"呢？那意思就是"读书人堆儿里的内幕故事"。

这部小说表面上写的是明朝的事，其实描画的却是清代中前期文人以及士大夫的生活与心态。同是读书人，书中人物的身份又各不相同：有穷秀才，也有阔举人；有乡绅土豪，也有县令知府；有隐居避世的真名士，也有醉心礼教的迂夫子……

就让我们来看看这些形形色色的儒林角色。

安徽全椒吴敬梓纪念馆

范进一笑中举

吴敬梓抨击讽刺的矛头，特别指向科举制。书中的范进、周进，都是科举"发烧友"，深受科举制的毒害。

范进已经五十四岁了，依旧是个童生。这辈子他考了二十多回，连个秀才也没考取。这不，今年他又来应考，不知是学业确有进步，还是考官可怜他岁数大，这回算是没白来——他考中了！

范进不满足当个秀才，他还想参加乡试，考取举人。他向岳父胡屠户借盘缠，反被胡屠户一口唾沫啐在脸上，骂了个狗血喷头：你不要癞蛤蟆想吃天鹅肉，得中了一个相公，便想做起老爷来！你没见城里张府上的老爷，有万贯家私，方面大耳的。像你这尖嘴猴腮，也该撒泡尿自己照照！不三不四，就想天鹅屁吃！——范进是个"烂忠厚没用的人"，连老婆也养不起，难怪胡屠户看不起他！可范进不死心，还是偷偷参加了考试。等回到家，家人已经饿了两三天。

也该范进时来运转，这一回，他又中了！发榜那天，范进正在集上卖鸡呢。他被邻居叫回家，看到屋中高高挂起的报帖——就是得中举人的通知书，看了又念，两手拍了一下，笑一声道："噫！好了！我中了！"说着一跤跌倒，牙关紧咬，不省人事！好不容易被众人救醒，他爬起来拍手大笑："噫！好！我中了！"笑着飞跑出门——他高兴过度，竟发了疯病！

有人出主意，说要找一个他平日最怕的人，打他一个嘴巴，病兴许会好。这差使自然落在胡屠户头上。可女婿当了举人老爷，便是天上的"文曲星"了，胡屠户又怎么敢下手呢？他连喝两碗酒，壮了壮胆儿，这才到集上去找疯癫女婿。他的一巴掌，果真"治"好了女婿的病。可能由于心理作用吧，他的手掌，却一时弯不过来了！

不过这会儿，胡屠户对女婿的评价全变了。他向众人夸耀："我的这个贤婿，才学又高，品貌又好，就是城里头那张府、周府这些老爷，也没我女婿这样一个体面的相

范进中举（程十发绘）

貌……"回家的路上，胡屠户见女婿衣裳后襟滚皱了许多，一路低头替他扯了几十回。

中举之前，范进是"癞蛤蟆"，是"尖嘴猴腮"；中举之后，他便成了"才学又高、品貌又好"的文曲星。难怪范进经受不住！——范进中举的故事，与其说讽刺了一个书生、一个屠户，不如说讽刺了科举制度以及产生这个制度的等级社会！

周进痛哭转运

范进的遭遇并非个别现象。他的宗师周进，经历跟他相似。周进六十岁还没中举，后来混得书也教不成，只好去做买卖。一

次他跟商人朋友到科举考场中闲逛，不想触动心事，竟做出惊人的举动来：

> 周进一进了号，见两块号板摆的齐齐整整，不觉眼睛里一阵酸酸的，长叹一声，一头撞在号板上，直僵僵不省人事。……（众人）取了水来，三四个客人一齐扶着，灌了下去。喉咙里咯咯的响了一声，吐出一口稠涎来。众人道："好了！"扶着立了起来。周进看着号板，又是一头撞将去。这回不死了，放声大哭起来。众人劝着不住。……只管伏着号板哭个不住。一号哭过，又哭到二号、三号，满地打滚，哭了又哭，哭的众人心里都凄惨起来。……哭了一阵，又是一阵，直哭到口里吐出鲜血来。

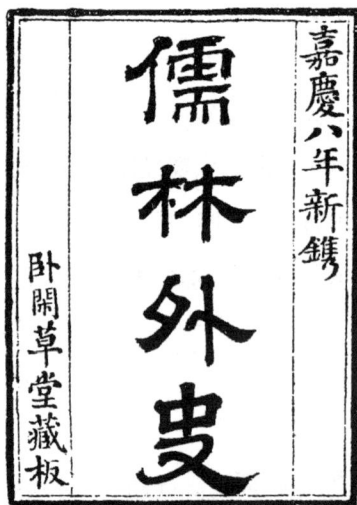

《儒林外史》书影

原来，周进一生读书，满腹经纶，却连个秀才都不是。眼看这考场再也没机会进来，所以大哭起来。

幸得几个商人朋友资助，这位高龄考生花钱捐了个监生，取得了参加乡试的资格。经过几番考试，竟然一帆风顺，当上进士，从此出人头地。——没中举时，他受尽屈辱和冷遇；做官以后，一个曾当面奚落他的秀才，逢人便说自己是他的学生，还让人把周进坐馆教书时写的一副旧对联，喷了水从门上揭下来，装裱好仔细珍藏……

范进、周进的一笑一哭，以及世人的前倨后恭、颠颠倒倒，正说明科举制度对整个社会的毒害。面对这些扭曲的人格形象，读者想笑，可一咧嘴，却只能从中品尝出一丝苦涩的味道！

严氏兄弟，贪鄙乡绅

在众多讽刺对象里，还有几个土财主。他们读了两本书，混了个秀才、贡生，或花钱捐了个功名头衔，摆出一副正人君子的架子，可骨子里，却还是那么吝啬、贪鄙。严贡生、严监生哥儿俩，就是最突出的例子。

弟弟严监生是个天生的吝啬鬼，守着大片田产，却连肉也舍不得吃，每夜算账到三更天。后来他病危，已经说不出话，一家子围在床前，只见他捯着气，从被单里伸出两个指头不肯放下。

有人问：莫不是有两个亲人不曾见面？他摇摇头。有人问：莫不是有两笔银钱没有处置？他又摇头。又有人问：老爷是记挂着两位舅爷吗？他依然摇头，手却不肯放下。还是老婆最了解他，分开众人，走上前去说："爷，只有我能知道你的心事。你是为那灯盏里点的是两茎灯草，不放心，恐费了油，我如今挑掉一茎就是了。"说罢忙去挑掉一茎。大家再看严监生时，只见他"点一点头，把手垂下，登时就没了气"。——作者的讽刺手法实在高明，他不做任何褒贬，只是从容不迫地讲他的故事，可严监

两根灯草（程十发绘）

生的吝啬，早已让他刻画得入木三分！

哥哥严贡生又是另一副嘴脸。他既贪婪又凶狠，夺人田产，霸占寡妇弟媳的家业，讹诈邻家的猪，还打人行凶，干尽了坏事。

有一回，他从省城雇船回家，途中忽然头晕恶心，于是拿出一方云片糕——那是一种廉价的点心，剥着吃了几片，揉揉肚子，放了两个屁，便好了。他却故意把剩下的几片糕放在船板上。

等船到码头，严贡生在舱中四下里找他的"药"。掌舵的说："想必是船板上那几片云片糕？小的大胆吃了。"严贡生登时发怒道："吃了好贱的云片糕！你晓得那里面是些什么东西？我因素日有个晕病，费了几百两银子合了这一服药！是省里张老爷在上党做官带来的人参，周老爷在四川做官带来的黄连。刚才那几片，少说值几十两银子哩！我将来再发晕病，拿什么药来治？"说着，还虚张声势，要把掌舵的送衙门问罪。——结果怎么样呢？该付的船钱就这么白白赖掉了！

吴敬梓早年跟乡绅们打够了交道，对他们的贪婪和卑鄙有着切身体会。严氏兄弟身上，说不定就有作者族人的影子呢。

王玉辉的故事：礼教吃人

《儒林外史》中还写了一批"名士"，大都是些科场不得意，又想出人头地的人。他们结诗社、出诗集，附庸风雅，自鸣得意，要的就是那个"名"！头巾店的老板为了作诗，把本钱都蚀光了。盐务的巡官吃醉酒满街吟诗，被府里二爷一条链子锁了去。妓院老板、测字先生、刻字匠，也都削尖了脑袋往名士堆儿里钻。他们跟醉心科举的人一样可笑！

还有一种爱"名"的人，跟这群假名士又不相同。像那位老秀才王玉辉，深深沉迷在封建礼教中。他一生的志愿就是编三本书，其中的"礼书""乡约书"，都是"劝醒愚民"的说教读本。

王玉辉的三女儿死了丈夫，哭着要殉夫——就是随丈夫一块去死。王玉辉不但不劝阻，反鼓励女儿说："我儿，你既如此，这是青史上留名的事，我难道反拦阻你？"女儿饿了八天，终于

王玉辉（张光宇绘）

死去。王玉辉的老伴哭得死去活来，他却仰天大笑，连叫："死的好！死的好！"大笑着出门去了。

可后来官府旌表他的女儿为"烈妇"，举行典礼，请他去喝酒，"王玉辉到了此时，转觉心伤，辞了不肯来"。为了排遣郁闷，他出门游逛，可是心里悲悼女儿，总是凄凄惶惶的。半路看见"少年穿白的妇人"，便又想起女儿，不觉热泪涌出。——封建礼教麻醉了他的理智，到底没能去除他心底对女儿的爱。当我们看到他"心里哽咽""热泪直滚出来"，一定会感叹：可怜的老头儿！

可怜的老头儿（张光宇绘）

热情讴歌，冷静讥刺

《儒林外史》里的读书人，大多是被讽刺的对象，但也有正面形象。书中有个杜少卿，据说那就是作者本人的化身。他蔑视科举功名，仗义疏财，广交朋友，有一股风流潇洒、放浪不羁的劲儿，带着叛逆色彩。

另外像小说开头提到的王冕，也是作者为读书人树立的样板。他身为牧童，却喜欢读书，还在大自然中无师自通地学会了画画。他还学了屈原的样子，头戴高帽，身着阔衣，用牛车载了老娘四处闲游。他最讨厌跟官府打交道，隐居在会稽山中，一生不曾做官儿。这就是吴敬梓理想中的人物。

小说结尾时，作者又写了四位自食其力的市井奇人。一位是寄身寺庙的流浪汉书法家季遐年，一位是靠卖火纸筒子为生的棋坛高手王太，一位是开茶馆的画家盖宽，一位是身为裁缝的音乐家兼诗人荆元。荆元的一段话说得好："难道读书识字，做了裁缝就玷污了不成？……而今每日寻得六七分银子，吃饱了饭，要弹琴，要写字，诸事都由得我；又不贪图人的富贵，又不伺候人颜色，天不收，地不管，倒不快活？"——跟他们相比，那些热衷功名、钻营富贵的读书人，显得多么可鄙可笑！

讽刺是《儒林外史》最大的特色。在中国小说史上，还从没出现过这样深刻而尖厉的讽刺作品。到了清末，小说之部又产生了《官场现形记》《二十年目睹之怪现状》一类作品，没一部不是以《儒林外史》为蓝本的；然而讽刺的机锋，都远远赶不上《儒林外史》，只能称之为"谴责小说"罢了。

吴敬梓确实是位讽刺大师，他好像并不掺入自己的感情和爱憎，只是站在旁观的位置上，做客观冷静的描写，却把社会中形形色色人物的嘴脸勾画得活灵活现，笔尖深入到人物的灵魂深处！

小说的结构也挺特别。全书没有贯穿头尾的人物和故事。一个人物出现了，他的故事也随着来了。等故事讲完，这个人物也便隐去，后边通常不会再提起他。拆开来，全书五十六回可以分成许多独立的短篇；合起来，又连成气脉贯通的整部。学者评论说，这种结构"虽云长篇，颇同短制"。——以后的谴责小说，几乎全都采用了这种结构。

现存《儒林外史》的最早刻本是卧闲草堂本，上面带有闲斋老人的评语，对我们今天阅读小说，仍有启发意义。

《镜花缘》：海外奇谈，讽刺当时

沛沛总有问题要问："爷爷，吴敬梓与《红楼梦》的作者曹雪芹，哪个出生早？"

爷爷说："吴敬梓生于1701年，是清康熙四十年；曹雪芹呢，据考，生于1715年，比吴敬梓晚生了十四年。——大概受这两位天才作家的感召，小说创作在清代中后期更加繁荣，由于一种石印技术的引入，出书不再是难事，这也刺激了作家和书商。今天存世的白话小说，包括长篇章回及短篇白话小说集，有一千多种，其中一大半都是清中后期创作的呢。——只是像《儒林外史》《红楼梦》这样的巨著，再也没有出现过。一定要说，有一部《镜花缘》还值得一讲。

"《镜花缘》的作者李汝珍（约1763—约1830）字松石，要比吴敬梓、曹雪芹晚上半个世纪。他原是北京人，后寓居江苏海州（今江苏连云港）。他读书极多，兴趣广泛，精通音韵学，对

江苏连云港李汝珍纪念馆

星卜、象纬、医学、书法、棋艺等，都感兴趣。他的这部《镜花缘》，本来打算写二百回。经过二十多年的努力，三易其稿，结果只完成了一百回。

"书的前半部分写一个科场失意的秀才唐敖，随妻兄林之洋到海外经商，同行的还有一位多九公。他们经过几十个国家，见识了海外的奇风异俗、奇人异事、野草仙花、野岛怪兽，还结识了不少花仙转世的美貌女子。

"在海外国度中，有个君子国。那儿的人都文质彬彬、谦恭有礼。国主不好财货，进贡珍宝的人反而要受责罚。做官儿的也平易近人、可亲可敬。做买卖的价廉物美，买东西的却偏要拿次货、出高价。——这当然只是作者理想中的国度喽。

"女儿国又是一样情景：女子是那儿的台柱子，国王啊，大臣啊，全是穿靴戴帽的女人。男子呢，反而穿裙子、裹小脚，大门不出、二门不迈，受女人驱使。女儿国的女王看上了林之洋，要娶他做'妃子'，还强迫他缠足！林之洋为此吃尽了苦头——然而这苦头是旧时妇女人人要吃的啊！

"书中还有个淑士国，那儿的人没一个不咬文嚼字儿的。酒楼中的酒保见了客人，赔笑行礼问：'三位先生光顾者，莫非饮酒乎？抑用菜乎？敢请明以教我！'又问：'请教先生：酒要一壶乎，两壶乎？菜要一碟乎？'——在淑士国，醋比酒贵，难怪国民说话也带着股'酸'味！

"此外还有两面国，那儿的人向着人一张脸，背着人又一张脸。无肠国呢，富人吃了饭，拿粪便给仆人吃。靠这个，他们都发了大财。穿胸国的人胸中有个大洞，阔人出门不用轿子，用竹杠当胸一穿，抬起来就走。他们的心呢？都长偏啦！

"作者显然是在讽刺呢。只是他讽刺的，不是什么海外诸国，而是作者生活的这个世界：人与人之间的尔虞我诈，男尊女卑的陋习，读书人的酸腐，富人的为富不仁，都是作者所要讽刺抨击的！

"小说后半部，写武则天开科考试录取才女的盛况。不过由于作者过分卖弄学问，写得没有前一半生动。

"说起清代小说，还有不少。跟《儒林外史》同时的，还有《野叟曝言》《绿野仙踪》；与《镜花缘》同时的，则有《绿牡丹》《粉妆楼全传》什么的。只是这些作品在思想、艺术上又都略逊一筹，这里不再多说。"

曹雪芹与《红楼梦》

江南往事说曹家

大槐树旁的花池里种着满满一池玉簪，入秋以来，一簇簇洁白而颀长的花骨朵在绿叶的衬托下，像极了白玉簪！今天的讲座，就在花的幽香中开始。

"今天咱们谈谈《红楼梦》。《红楼梦》代表了中国古典白话小说的最高成就，不但在国内家喻户晓，在世界文坛上，也是举世公认的文学名著哩！"爷爷开门见山地说，"说来凑巧，蒲松龄去世之年（1715），刚好是小说巨匠曹雪芹诞生之岁。一般认为，曹雪芹是《红楼梦》的作者，小说初稿《石头记》就是他撰写的。

"曹雪芹本名曹霑（zhān）（约1715或1721—约1763），又名天祐，字梦阮（一说梦阮是号），号雪芹，别号芹圃、芹溪、耐冷道人等。他祖上本是汉人，家住辽阳。明末时，被满洲人掳去做了'包衣'——也就是奴隶，隶属正白旗。

"曹家可不是一般的包衣奴隶。雪芹的曾祖母姓孙，给皇子当过保姆——康熙便是她一手带大的。雪芹的祖父曹寅从小给康熙当伴读，兼做侍卫，两人亲如兄弟。这么一来，曹家的地位可就不同寻常啦，往后这位皇帝处处照顾曹家。

"从雪芹的曾祖父曹玺（xǐ）时起，曹家就得了个肥缺——江宁织造。以后曹寅接任，还兼办两淮盐务，那都是肥得流油的差事。曹寅还带着秘密使命，就是不断向康熙皇帝密奏江南情况，什么米价高低啦，风干雨涝啦，官况民情啦，无所不报。——曹寅就是康熙安插在江南的耳目和心腹啊。

"不过曹寅倒是个很有文化修养的人，家中藏书丰富，座上客大半是文人。他本人也热衷于作诗论文，还主持刊印了大部头的《全唐诗》呢。

"曹寅死后，雪芹的爹爹曹颙（yóng）接任江宁织造，可是不上两年就病死了，又由雪芹的一位叔叔曹頫（fǔ）来接任。总之，曹家三代有四人担任江宁织造的职位，前后总共六十多年。康熙六下江南，有四回就住在曹家。为了接驾，曹家的银子花得跟流水似的！

江宁织造博物馆

"可是康熙皇帝一死，曹家的好运道算是到了头！'一朝天子一朝臣'，新登基的雍正是个暴虐的君主，连自己的亲兄弟也不肯放过，又怎么肯照顾先帝的心腹旧臣！他处处找曹家的碴儿。很快，曹頫被革职下狱，曹家也被抄了家。刚刚十几岁的雪芹跟着家人迁来北京居住，日子一天比一天难过！回想起南方那又富贵又气派的日子，大家觉着像是做了一场梦！

"就在这样的变动翻覆之中，雪芹渐渐长大成人。"

曹雪芹：披阅十载写《石头》

曹雪芹人很聪明，才气纵横，诗写得像李贺。他还喜欢喝酒，最崇拜好喝酒的古人阮籍，他的表字"梦阮"，就有景仰阮籍的意思吧。一喝上酒，他总是高谈阔论的。他看不上世俗的一切，最讨厌逢迎拍马、攀高枝的那一套。苦闷起来，他就挥洒他的笔，作诗文，写小说，抒发自己的情愫。

曹雪芹（孙文然绘）

到了晚年，他的日子更加贫困，只好把家搬到北京西郊的西山脚下，一家人常常喝粥度日。就在那些日子里，他加紧写他的长篇小说《红楼梦》。这部书前后写了十多年，大的增删就有五回。可是不久，他唯一的小儿子病死了。中年丧子，这是人生最大的悲哀。雪芹受不住这个打击，病倒在床上。就在乾隆二十八年（1763年，壬午）除夕之夜，一代文豪贫病无医，悲惨死去！

曹雪芹之死，给中国文学留下极大遗憾，因为他的《红楼梦》还没写完呢！现在看到的《红楼梦》有一百二十回，是个首尾完整的故事。可是雪芹只写到第八十回，就停了笔，今天我们看到的后四十回，一般认为不是雪芹手笔。有人认为，续作者是高鹗。

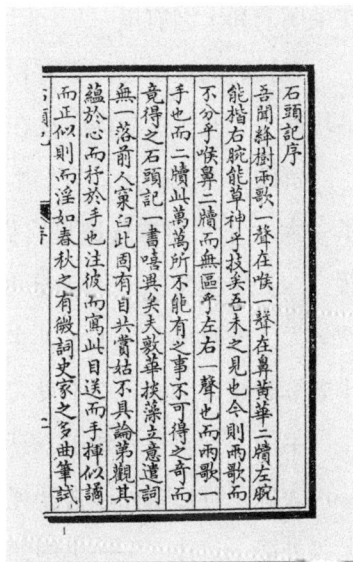

戚蓼生序《石头记》书影

《红楼梦》开始时叫《石头记》，现在保留下来的《石头记》抄本有好几种，上面大都带着批语；批注者的笔名叫"脂砚斋"，至今学者们也没搞清他是谁。有人推测说，他是雪芹的叔叔，也有人说可能是雪芹的堂兄或妻子。总之，此人跟雪芹关系亲近，并且了解写书的情况，还提出过修改意见哩。总之，脂砚斋的批语，成了学者研究《红楼梦》的重要资料。

青梅竹马，宝黛情真

《红楼梦》讲述了这样一个故事：说不上是哪朝哪代、哪个都市，有个姓贾的官宦之家，是功臣之后。一族两支，分别居住在荣国府和宁国府里。

荣国府的贾母是位很有权威的老太太，她跟二儿子贾政住在一块儿。大儿子贾赦呢，住在荣国府的另一处院落中。

贾政娶妻王夫人，夫妇生了二男一女。大儿子贾珠早就故去了；大女儿元春被选进皇宫做了贵妃，这给贾家添了好大的荣耀。二儿子贾宝玉——就是书中的男主角，是荣府的正宗独苗，贾老太太宠爱得不得了。其实贾政还有一个儿子贾环，不过那是小老婆赵姨娘生的，府中没人看得上他。

书中的女主角林黛玉，是贾老太太的外孙女，贾宝玉要叫她一声表妹。可怜这姑娘自幼死了娘，身体又弱，因此她爹把她送来跟外婆一道住。——书中的另一位女主角是薛宝钗，她的娘薛姨妈跟王夫人是姐妹俩。母女也长年住在贾府里。

林黛玉（王叔晖绘）

贾府里有座美丽无比的大花园，叫大观园。那是为了贵妃元春回家省亲而特意修建的。贾家还有好几位姑娘：贾赦的女儿迎春，贾政的庶出女儿探春，宁国府的惜春；有时还加上贾母娘家的姑娘史湘云，以及宝玉的寡嫂李纨，当然还有宝玉、黛玉、宝钗，就都住在这座天堂般的大花园里。

无数的丫鬟、小厮、老妈

子伺候着这些贵族小姐、公子。他们每日闲来无事，不是起社作诗、赏花吃酒，就是谈画论文、看戏猜谜。在这富贵优雅的环境里，青年男女产生爱情是自然而然的事儿。不用说，爱情是在男女主角——贾宝玉和林黛玉之间产生的。

宝玉是个性格与众不同的青年。他天资聪慧，却生性不爱读经书，更看不上那些读书做官的人，最懒得跟士大夫们周旋应酬。谁要是劝他在科举上用点儿心思，哪怕是最要好的姐妹，他也说翻脸就翻脸。他只爱在大观园里自由自在地悠闲度日。在他眼里，人都是平等的，没有什么等级差别。对小厮仆人、丫鬟使女，他照样真心相待，决不摆主人的架子。

最不寻常的是他对女子的态度。在封建社会里，女人的地位真是可怜。可宝玉却说："女儿是水作的骨肉，男人是泥作的骨肉。我见了女儿便清爽，见了男子便觉浊臭逼人！"大观园里的姐妹及丫头使女，没一个他不尊重爱护的。人们不能理解他的内心，只觉得他呆、痴。

当然，也有人理解他，那就是林黛玉。林黛玉是个既聪明又敏感的纯真少女，她"孤高自许，目下无尘"，爱和憎都显露在外。

初见宝玉时，他俩都还是七八岁的孩子，后来青梅竹马，一块长大，两人不知不觉就产生了感情。开头时，这感情还是模模糊糊的，后来可就一发不可收拾。他们爱得那样深、那样热烈，可是在当时的社会环境里，又不允许他们有明白的表露。为了这，他们不知流了多少眼泪，经受了怎样的感情熬煎。——可是谁料得到，到头来，却是一场大悲剧！

黛亡玉走，悲剧一场

贾宝玉出生时，与生俱来地带着一块"通灵宝玉"——宝玉这个名字就是这么取的。长这么大，这块宝玉从没离过身。可巧这一回，通灵宝玉失踪了。宝玉像是掉了魂，一天比一天痴呆、糊涂。贾府的家长们可急坏了，有人就提议，给宝玉说一门亲事，借此来"冲冲喜"，也许就会把病治好。选来选去，贾母选中了薛宝钗。

为什么选中宝钗呢？原来，薛家是皇商，有句俗谚"丰年好大雪（薛），珍珠如土金如铁"，形容的就是薛家。宝钗的舅舅王子腾还是朝中势要人物，薛家比起林家，可是显赫多了。再者，宝钗是个有心计的姑娘，属于端庄贤淑的那种类型。她不像黛玉那样性格外露，言谈举止也都符合礼教的要求；她又特别善于待人处事，上上下下的人都喜欢她。再加上她脖子上挂着一枚金锁，贾府中早就流传着"金玉良缘"的说法呢。因此贾母选中她，也是理所当然的了。

至于黛玉，贾母并非不心疼她。可她父母双亡，

贾宝玉（清改琦绘）

没有靠山，又兼体弱多病，怎么能符合贾府少奶奶的标准呢！最让贾母不高兴的是，她竟然不经"父母之命、媒妁之言"，跟宝玉私下要好，这可是出格的事儿。于是贾母一句话，就断送了她跟宝玉的爱情！

宝玉的叔伯嫂子叫王熙凤，外号"凤辣子"，宝玉叫她凤姐。她可是贾母跟前的大红人，又是贾府中掌家的实权人物。宝玉跟宝钗的亲事，便由她一手操办。她下令说，宝玉的亲事，事前要严格保密，尤其是对黛玉。至于对半痴半呆的宝玉，也只说给他娶林妹妹！

可是消息还是泄露出去了。黛玉听到这个消息，吐了几口血，躺在床上再也没有起来！这个可怜而多情的姑娘，孤苦伶仃地住在亲戚家中，她的身世和疾病铸成她多愁善感的性格，她常常见月伤怀，对花流泪，唯一的精神支柱，就是与宝玉的深沉真挚的爱情。而现在，她唯一的支柱坍塌了！

就在宝玉吹吹打打迎娶新人的时刻，黛玉孤身一人，在冷清凄凉的潇湘馆里流尽了眼泪，口中喊着宝玉的名字，含恨离开了人世！

宝玉呢，直到新娘进门，还以为娶来的是林妹妹呢！及至认出是宝钗，他便口口声声喊着要去找林妹妹。这么闹了一阵子，他的病更重了。

后来宝玉得知黛玉的死讯，到潇湘馆痛痛快快哭了一场，打那儿以后，病似乎好了许多。可贾府的情形却是一天不如一天。先是元妃去世，接着是贾府被抄，大观园里的姐妹们也都散去。不久，贾母和凤姐也先后死去，府中还遭了强盗打劫。——宝玉却一反常态，竟听从宝钗的劝告，读起书来。

原来宝玉早已做了离家出走的打算。到了考试那天，他郑重跟家人告别。等到考试散场，他便消逝在人群里，再也没回这个家。

《红楼梦》是一出封建社会青年男女的爱情、婚姻悲剧！一对有情人，硬是叫封建家长活活拆散了。到头来，死的死，走的走，守寡的守寡。在这血和泪的故事里，透露出作者对封建礼教的强烈反感！

在这出爱情、婚姻悲剧的后面，《红楼梦》展现出一个广阔的社会背景来。你看，贾府由荣到衰，终于"树倒猢狲散"，"好一似食尽鸟投林，落了片白茫茫大地真干净！"。这是不是象征着整个封建社会的衰落和崩溃呢？

我们读着发生在贾府中的故事，却隐约觉着：这个社会的末日快要到啦！

宝钗是"赢家"吗

有人计算过，《红楼梦》共出现四百五十多个人物，像宝玉、黛玉、宝钗、凤姐等几个主要人物，就是放到世界文坛上去衡量，也都是顶尖的人物典型！

小说的人物塑造，难就难在有不少年龄相仿、地位相似、生活方式相近的人。可是在曹雪芹笔下，他们一人一样面貌，一人一副脾气。音容笑貌、言谈举止各自不同，有时单看对话，就能猜出来者是张三还是李四。

读过《红楼梦》的人，十个里有八个喜欢并同情林黛玉；对宝钗，却不大满意，觉着她世故、虚伪，甚至有点儿阴险。其实，黛玉的遭遇固然让人同情，宝钗却也有她的不幸。

宝钗是个早熟的姑娘，虽然母亲、哥哥都在，可哥哥是个"浑球儿"式的人物，娘儿仨毕竟是寄人篱下，她要应付一大堆人和事，时刻得拿出忍让的态度来。为了把自己塑造成具有封建"美德"的女子，

《红楼梦》第一回书影

她得时刻上心，处处压抑自己的本性。

不错，她最后攀上高枝儿，当上"宝二奶奶"，可她是被封建家长当作给宝玉治病的灵丹妙药娶过来的，她得到的只是个白痴丈夫！她的牺牲，并不比黛玉小到哪儿去！如果说宝玉跟黛玉之间是一出爱情悲剧，那么宝玉跟宝钗之间，就是一场典型的婚姻悲剧！

美艳狠毒"凤辣子"

凤姐是另一种类型。她是个年轻媳妇，可为人精明泼辣，伶牙俐齿，生性好强。虽然识不得几个字，却一肚子机谋，又兼心

王熙凤（王叔晖绘）

狠手辣。对贾母和王夫人，她百依百顺，哄得两位一团高兴。可是对下边的人，她瞪起那双丹凤三角眼，谁见了谁怕！

凤姐的出场，很能体现她的性格。那是林黛玉初进荣国府的时候，她到贾母屋里问安，府中的妇女们也都来看老太太的外孙女，虽然站了一屋子人，可当着老太太，没人敢出大气。突然：

……只听后院中有笑声，说："我来迟了，不曾迎接远客！"黛玉思忖道："这些人个个皆是敛声屏气如此，这来者是谁，这样放诞无礼？"心下想时，只见一群媳妇丫鬟，拥着一个丽人，从后房进来……

你瞧，未见其人，先闻其声，凤姐还没出场，她那泼辣外向的性格，已经给了读者十分鲜明的印象！

此外，贾母的慈善宽和又有些专制，贾政的迂阔古板，贾府上下种种人物的钩心斗角、尔虞我诈，在作者笔下都有生动的描写。

大观园里的丫鬟们

这儿还应提到一群丫鬟。丫鬟跟丫鬟又有不同。像花袭人，她对宝玉处处体贴、处处留意，可在她驯顺贤惠的举止后面，似乎又有个人目的。她深得王夫人的信任，她的名分也终于超越其他丫鬟，成了宝玉实际上的小老婆。

同是宝玉屋里的丫鬟，晴雯就不大相同。她性格刚烈，有着极强的自尊心，从不肯低声下气向摆主子架子的人低头。

有一回，王夫人要整顿风化，下令抄检大观园。只要是园中居住的，不管是谁，都得打开箱笼，任人搜检——这可是对人格的侮辱。

那个负责搜检的，是个作威作福的管家婆儿——王善保家的。那天，这些人搜到宝玉屋时，却见晴雯的箱子没有打开：

袭人方欲替晴雯开时，只见晴雯挽着头发闯进来，"豁啷"一声，将箱子掀开，两手提着底子，往地下一倒，将所有之物尽都倒出来。王善保家的也觉没趣儿，便紫胀了脸，说着："姑娘，你别生气。我们并非私自就来的，原是奉太太的命来搜察……"晴雯听了这话，越发火上浇油，便指着她的脸说道："你说你是太太打发来的，我还是老太太打发来的呢！太太那边的人我也都见过，就只没看见你这么个有头有脸的大管事的奶奶！"

晴雯补裘（王叔晖绘）

这是位多么刚烈的女子！联想到她那低贱的身份，更显得这性格的可贵！

跟晴雯性情相近的，还有司棋和鸳鸯。鸳鸯是贾母身边的得力使女，身为老爷的贾赦看上了她，执意要讨她做小老婆。这本来是她"高攀"的机会，她却誓死不从。贾母一死，她也跟着上了吊——她是为了保卫自己的清白和纯洁啊！

尤二姐、尤三姐又是另一类女子。这姐妹俩论地位比丫鬟使女要高，可她们是贾府没钱没势的远亲，又够不上贵族小姐的资格。贾府的爷儿们一个个荒淫无耻，这姐儿俩自然成了他们欺侮玩弄的对象，尤二姐生性软弱，缺少主见，受人家玩弄，最终又被活活逼死。

尤三姐跟尤二姐虽是一母同胞，却完全是另一样性格。她不但不上圈套，反而把贾家的好色之徒们痛痛快快教训了一顿。她还主动选择自己的爱人，提出非唱戏的柳湘莲不嫁！

经贾琏牵线，柳湘莲答应了这门亲事，还把祖传的鸳鸯剑拿来做定礼。可是不久，他又怀疑起尤三姐的人品来，上门索还宝剑。这对尤三姐的自尊心，可是极大的伤害！

尤三姐知道，事到如今，辩解也是无益；于是她将一股雌锋隐在肘后，走出来对湘莲说：你不必再说了，还你定礼就是！——一面流着泪把雄剑交给对方，右手回肘把雌剑向项上一横，以一死表明了自己的清白！那情景，真是催人泪下。

曹雪芹笔下的少女形象，就是这样多姿多彩，每一个都有着打动人心的力量！

人物不简单，语言成典范

《红楼梦》还打破了小说人物脸谱化、类型化的积习，那种好人完美无缺、坏人又一无是处的毛病，在《红楼梦》里是找不到的。

有的研究者总想从大观园里找出你死我活的斗争痕迹来，还把书中人物简单地划分阵营、指定阶级，这恐怕并不符合作者的原意。就说凤姐吧，有人说她是封建统治阶级代表人物，是宝、黛爱情的刽子手。可是你翻开书，就会觉着：不是那么回事儿！曹雪芹是带着感情来写这个人物的。他用欣赏的笔调描写她的精明能干，又带着哀伤写她的衰微。

贾政打儿子，该是够狠的了！可是在"大观园试才题对额"一回里，却可以看出他对儿子的爱，只不过爱的表露形式与一般人不同罢了。贾母又何尝不爱自己的孙子孙女呢，在那个时代，处在她的位置上，选宝钗做孙媳，可以说是天经地义的。——只有弄清楚曹雪芹的愤恨不平不是朝着贾母、贾政、王夫人、凤姐，这才显出封建礼教的冷酷和违背人性来；这部书的意义，也才更加深广！

也正是众多人物及故事场面交错变换、起伏流动，构成这部皇皇巨著。全书的情节线索繁而不乱，抽出哪段情节，都觉得会使全书的完整受到损害。你几乎看不出作家苦心结构的痕迹，一切都自然得像是生活本身。这正是《红楼梦》的伟大之处！

《红楼梦》的语言，从头到尾都是白话，显得那么成熟、优美、简洁、纯净。用"明白如话"四个字来形容它，还不足以说明它的特点。因为它不同于老百姓口头的白话、俗语，它是经过曹雪芹这位语言大师提炼加工的白话，是一种艺术的语言，因而成了白话文的典范。

有人说，《红楼梦》是一部"百科全书式"的巨著。书中虽然主要写一个贵族家庭，可上至皇妃国公，下到贩夫走卒，社会的上上下下都有涉及。至于贵族家庭的饮食起居、服饰摆设、家具器皿、车轿排场、园林建筑，没一样不描画得又真实又细腻。

读罢小说，你不能不佩服曹雪芹的非凡才能和渊博知识，诸如烹调、医药、诗词、绘画、音乐、戏曲、建筑……没有他不精通的。像这样一部博大精深的小说，在世界小说史中也不多见呢！

"红学"当结语，古槐愈青苍

《红楼梦》一问世，立刻引起轰动。"爷爷接着说，"有人抄写一部放到庙会上，能卖几十两银子——那可是几千斤粮食的价格！后来有位叫程伟元的，跟高鹗一同策划，为小说补出后四十回，并排版印刷，这部书就算流传开啦。不但读的人多，专门研究的人也不少呢！

"当时的学术界有研究经书的风气。有人问一位学者：您最近正在研究哪部经书啊？学者开玩笑地回答：我正在研究去掉一横三拐弯儿的经呢。——繁体字的'經'去掉一横三拐弯儿，刚好是个'红'字。原来他正在研读'红'经呢！从此，各种学问中又添了一门新学问——'红学'！

"研究红学的人一多，看法可就千差万别了。有人说《红楼梦》的主旨就是人生如梦，一切皆空；有人说这是部'淫书'，应当烧掉；也有人拿阴阳八卦来解释书中的人物和情节。

"后来又出了个'索隐派'，说书中人物个个有所影射，贾宝玉是影射清代的顺治皇帝，林黛玉则影射一位姓董的妃子。此外还有把黛玉说成是朱彝尊的——可那是个老头子啊！总之，这一派把《红楼梦》人物瞎联系一气，其实全是牵强附会！

"倒是有一派主张'自传说'的，有些道理。他们说曹雪芹实际在写自己的家族呢。贾家的故事里，有着曹家的影子。——不过红学研究还远没有结束，要解开的谜还有那么多。就说大观园吧，有人说，袁枚的随园就是大观园；也有人说，北京的恭王府乃至皇家的圆明园才是；还有人认为，大观园只是作者虚构的纸上花园。你看，这讨论还怪有意思的呢！

"曹雪芹生活的时代，正是所谓的'康乾盛世'。可打那儿以后，清朝的光景就一天不如一天。曹雪芹死后不到一百年，英国人的炮舰打开了中国的大门，我们的祖国，从此陷入更深重的灾难。

"新的历史时期开始了，又有不少新的文学作品涌现出来，我们把这一时期的文学称为近代文学。咱们的文学夜谈以古代文学为限，说到这儿，也该就此打住了！"

沛沛忽然意识到，大槐树下的文学经典讲座已经到了结业的时刻！他觉着暑假中的几十个夜晚真是难以忘怀。有那么多新鲜的知识输入他的小脑瓜里，又有那么多好看的文学书籍列入他的读书计划。学习生活一下子充实了许多！

沛沛很想说几句感想，可什么也没说出来。爷孙俩不约而同地抬头看看大槐树，那树显得那么郁郁苍苍、枝繁叶茂！

还是爷爷开口道："明天就要去中学报到了，做好准备了吧？"沛沛心里一阵高兴："早就准备好了，明天我就是中学生啦！"